Escucha a tus ÁNGELES

EILEEN ELIAS FREEMAN

Escucha a tus ÁNGELES

EILEEN ELIAS FREEMAN

Traducción:
Luis F. Coco

EDITORIAL ATLANTIDA
BUENOS AIRES

Diseño de tapa: Raúl Pane
Adaptación de interior: Claudia Bertucelli

Título original: TOUCHED BY ANGELS
Copyright © 1993 by Eileen Elías Freeman
Copyright © Editorial Atlántida, 1994
Derechos reservados. Tercera edición publicada por
EDITORIAL ATLANTIDA S.A., Azopardo 579, Buenos Aires, Argentina.
Hecho el depósito que marca la Ley 11.723.
Libro de edición argentina.
Printed in Argentina. Esta edición se terminó de imprimir
en el mes de marzo de 1996 en los talleres gráficos de Indugraf S.A.,
Buenos Aires, Argentina.

I.S.B.N. 950-08-1334-3

A mis padres, Helen y Alex Freeman,
quienes siempre me dijeron que sería escritora.

Índice

¿No son todos espíritus administradores, enviados para servicio a favor de los que serán herederos de salud?

—EPÍSTOLA A LOS HEBREOS 1:14

Prefacio

En este momento puede parecer exagerado considerar que 1992 fue el año en que se dividieron las aguas en cuanto a una toma de conciencia generalizada respecto de los ángeles y su trabajo en el mundo actual, pero yo creo que es la verdad. Durante los dos últimos siglos, poco más o menos, los ángeles de Dios se hicieron cada vez más visibles por sus hechos y acciones como poderosas fuerzas del bien en favor de la raza humana. En los últimos cincuenta años han acelerado su labor entre nosotros; y durante la última década nuestras nociones acerca de la actividad angélica han crecido más allá de cuanto la humanidad puede recordar. No sólo se suman por miles los que declaran haber sido tocados por los ángeles, sino que muchos más han cobrado fuerzas para hablar de circunstancias transformadoras de su vida que datan de varias décadas atrás, momentos en los cuales un encuentro angélico cambió su destino.

En 1992, guiada, según creo, por mi ángel de la guarda, a quien llamo Enniss, puse en marcha The AngelWatch Network (Red de Observadores de Ángeles), suerte de centro distribuidor de toda información relacionada con ángeles y lo que ellos hacen en el mundo de nuestros días. Lancé una revista bimensual para mantener a los interesados —observadores de ángeles, según los denomino— bien actualizados en materia de noticias sobre ángeles y su influencia en la vida de las personas, y requerí publicidad en los medios a fin de dirigir la atención de la gente hacia la presencia y la actividad de los ángeles entre nosotros.

Los ángeles se ocuparon de que tuviera éxito. Comenzaron a lloverme centenares de cartas y tarjetas pidiéndome información y compartiendo la propia. Durante varios días mi teléfono no cesó de sonar con llamadas de observadores de ángeles. Yo respondía todas las preguntas según me lo permitían el tiempo y el presupuesto. Y cada vez que me faltaba tiempo, los ángeles se ocupaban de encontrármelo. No bien empezaba a escasear el dinero para una nueva edición de la revista, una oleada de nuevas suscripciones o algún contrato para pronunciar conferencias restablecían el equilibrio. Cuando se agotaba el interés despertado por alguna nota publicada en los medios, como salida de la nada surgía una nueva información que volvía a acicatear la curiosidad de los lectores. Los ángeles intervinieron incluso para que correspondencia dirigida a "la señora que habla de los ángeles, Mt.

Side, NY" llegara a mi Casilla de Correo Nº 1362
de Mountainside, Nueva Jersey. Las señales de su
actividad eran obvias. Hasta los redactores que llamaban
para concertar entrevistas confesaban que, por primera
vez en su vida, la persona requerida se encontraba
disponible y dispuesta desde el primer momento, y
que sus notas poco menos que se escribían solas.

Está claro que los viejos servidores del Señor y
la humanidad tienen una misión, un plan confiado
por Dios para ayudarnos a crecer en sabiduría y
amor. No sólo para que podamos sobrevivir como
raza, sino para que también seamos capaces de crecer
y desarrollarnos de acuerdo con lo que Él siempre
quiso que fuéramos: seres perfectibles dotados de
increíbles energías y de un inmenso amor transformador.

Escucha a tus ángeles es un libro sobre la misión
angélica y cómo algunas personas se han convertido
en parte de ella de alguna manera desusada, hombres
y mujeres vinculados entre sí por un lazo común:
un encuentro angélico que cambió su vida para siempre.
Expone algunas historias verídicas, en verdad especiales,
de personas que se encontraron con ángeles, fueron
alcanzadas por sus mensajes y, como resultado de
ello, sus vidas se modificaron para siempre. Describe
también con cierto detalle cómo se producen esos
encuentros, y hasta dónde podemos considerarlos
ajenos a nuestros anhelos personales de vivir una
experiencia semejante, nacidos de nuestra imaginación
o como resultado de una expresión de deseos.

Las personas que se mencionan en este libro son

reales. Casi siempre decidieron utilizar sus nombres y lugares de origen verdaderos; en un caso (Robin Diettrick) se me pidió usar un nombre supuesto y accedí, en mérito a lo que esa historia significaba como fuente de inspiración. A esa mujer le preocupaba que una publicidad no deseada pudiera perjudicar a su familia (estaba casada con un militar) o surgiera la posibilidad de consecuencias imprevisibles. (Pude comprenderlo muy bien: tras haber aparecido en el programa de televisión *The Jerry Springer Show,* en diciembre de 1992, fui despedida de la empresa donde trabajaba. Yo tenía un puesto muy conspicuo en ella, y consideraron que mi interés por los ángeles era algo demasiado poco empresarial [léase "simplemente fantasmagórico"] como para tolerarse.)

Si ha sido usted tocado por un ángel me sentiré muy especialmente complacida de recibir sus noticias. Al compartir las maravillosas pruebas del amor de Dios por nosotros, contribuimos a hacer de este mundo un lugar más hermoso, más pleno de amor, para que en él vivamos nosotros... y nuestros ángeles.

Eileen Elias Freeman
The AngelWatch Network
P.O. Box 1362
Mountainside, New Jersey
07092

Agradecimientos

Considero que la palabra "agradecimiento" es demasiado tonta, pues sólo debería "agradecer" los dones del cielo, el amor y el apoyo de mi familia y mis amigos, la ayuda especial de mis ángeles, felices de que este libro haya sido escrito por fin, y la de mis padres, Helen y Alex Freeman, que me están viendo a través de los ojos de Dios.

Pero debo dar crédito a la ayuda y el apoyo que me brindaron algunas personas, de modo que la palabra agradecimiento tal vez se justifique, después de todo... por lo menos en este mundo.

Por el lado humano: mi prima hermana Carol, que no sólo me dio su apoyo moral sino que estuvo pegando personalmente centenares de estampillas para despachar nuestra revista mientras yo trabajaba en este libro; mi tío Tom, que llamó infinidad de veces para ver cómo iba el trabajo; Marilynn Webber, amiga y extraordinaria observadora de ángeles de California, que me escuchó pacientemente mientras yo le llenaba los oídos con toda clase de ideas; Joan Wester Anderson, amiga y autora de *Where Angels Walk,* que rezó conmigo en el teléfono y me ofreció su sabio consejo en el Espíritu; mi editora Joann Davis, cuyo entusiasmo fue un verdadero placer; y a todos los integrantes de la cadena de observadores de ángeles, que continuamente me apoyaron con sus oraciones y sus cartas.

De manera muy especial quiero dar las gracias a la linda y generosa gente que compartió sus historias conmigo a fin de que este libro pudiera escribirse. Mientras pasaba en limpio sus entrevistas solíamos sorprendernos llorando, tan arraigados estaban aquellos sucesos en su mente y su corazón. No tengo dudas de que todos ellos fueron hondamente tocados por los ángeles. Me consta que también yo lo he sido, por el mero hecho de haber podido compartir sus relatos.

Por el lado angélico: a ti, Enniss, mi querido ángel de la guarda y a todos los que te ayudaron. Ofrezco mi público agradecimiento por vuestros fieles y amantes servicios y por vuestra guía, y así será por todo el resto de mi vida. Para Dios sea la gloria, pero para vosotros vaya mi profunda gratitud. Ruego que Dios ore por vosotros y os bendiga, cualquiera sea la forma en que pueda bendecirse a un ángel, por todo cuanto habéis hecho para acercarme más a la Fuente de toda Vida. Os amo.

Capítulo Uno
Tocada por los ángeles

He de alabarte de todo corazón, oh Señor; en presencia de los ángeles te cantaré alabanzas. —SALMO 138:1

Todo cuanto he dicho, escrito, recopilado, cantado, apreciado o hecho a lo largo de mi vida con referencia a los ángeles proviene de un solo acontecimiento de mi vida: la primera vez que vi a mi ángel de la guarda, cuando tenía cinco años y me sentí tocada. Desde entonces cambié para siempre. Aquel único suceso me cambió la vida más que cualquier otra cosa, salvo aquel día en que, como adulto, acepté la idea de que Jesús es en verdad el Señor del Universo y también mi Señor. En realidad, siempre he creído con firmeza que, de no haber venido mi ángel guardián a mí tal como lo hizo en ese momento, jamás habría podido vivir lo suficiente como para crecer hasta convertirme en un ser adulto. Habría sucumbido a los temores que dominaban mi vida y me habría dado por vencida. No habría vivido lo suficiente como para experimentar la presencia conductora de mis ángeles en mi vida actual.

* * *

Se ha dicho que nuestra personalidad básica se afirma en gran parte a la edad de tres o cuatro años. Me consta que, cuando tenía cinco, yo era una chiquilla medrosa. Tenía miedo de la oscuridad, le temía al televisor, al teléfono, a casi todas las comidas, y a que me separasen de mis padres aunque fuera sólo un momento. Mi madre ni siquiera podía acercarse a la aspiradora sin llevarme antes a la casa vecina, donde vivía mi abuela, ya que hasta el zumbido a aquella vieja Electrolux bastaba para aterrarme. Era hija única, solitaria, con dos viejos padres amantísimos que daban por sentado que ya cambiaría. Pero no lo hice.

Estuve a punto de no ir al jardín de infantes debido a la ansiedad que me causaba la separación. Todavía puedo recordar vivamente mi primer día allí. Tan excitada estaba, que se me revolvía el estómago hasta llegar al vómito. Mi madre me acompañó las dos cuadras desde mi casa, lo mismo que otras madres con sus hijos, y entró conmigo en el aula para presentarme a la maestra. Después partió, con una sonrisa y un beso, y me sentí arrebatada de pánico. Era la primera vez en mi vida que pisaba un aula y, tan pronto me senté en una sillita, me eché a llorar, llorar y llorar. Mi maestra, una señora algo mayor y muy amable, logró por fin distraerme con algo, pero yo me sentía tan mal que pasé casi toda aquella mañana en el baño. Debió transcurrir cerca de un mes hasta que pudiera pasar un día entero en aquel jardincito sin que tuviera miedo y me echara a llorar.

Pero el momento de irme a la cama era peor todavía que todos los miedos que sentía ante los papeles y las manchas de tinta en los dedos. Tenía que cerrar bien los ojos para defenderme de los monstruos y ladrones que acechaban, estaba segura de ello, y así me dormía. Pero cuando los miedos se tornaban insoportables, tenía que volver al piso bajo llorando como siempre. Mi madre entonces me llevaba de nuevo a la cama y permanecía sentada a mi lado un momento; después regresaba al living y así continuaba el ritual de los terrores nocturnos. Tenían como telón de fondo la guerra de Corea, las noticias de la radio sobre muertes y torturas, y todas aquellas atrocidades yo las convertía en nuevos fantasmas nocturnos. ¿Una chiquilla morbosa, neurótica? Por cierto que sí, eso era.

Lo que más me aterraba era el temor a la muerte. Ignoro por qué una niña de cinco años debía preocuparse más por eso que por sus muñecas o su querido trencito de juguete Lionel, pero así era yo. Durante un tiempo, la idea de la muerte llegó a convertirse en una obsesión. La mayoría de los chicos, a los cinco años, hacen preguntas como: "¿Por qué el cielo es azul?" y cosas por el estilo, pero yo quería saber "¿Por qué la gente se muere?". En efecto, aquél era un pensamiento tan aterrador que mi madre ni siquiera se atrevió a que viera la película *Bambi* ni permitió que leyera el cuento: sabía que aquel

infantil relato tendría efectos devastadores sobre
mí. Cuando mi maestra del jardín de infantes murió
en forma trágica en un accidente de automóvil, casi
al final de las clases, sentí que mi mundo empezaba
a desmoronarse. Un brillante haz familiar que me
daba luz y seguridad se había extinguido para siempre.
Mi madre me explicaba que la maestra "se había
ido a dormir" y que pronto volvería a sentirme
igual de bien con mi nueva maestra. Por mi parte,
me apresuré a agregar "autofobia" a mi lista de
temores. Llevarme en el coche a cualquier parte se
convertía en algo engorroso, y durante un tiempo
mi madre debió extremar sus precauciones para
distraerme mientras papá se iba a su trabajo, a fin
de evitar que pudiera verlo cuando subía a su auto.

Entonces murió mi tortuga. La encontré en el
agua, convertida en una masa blanduzca y fláccida.
Mi madre volvió a explicarme que el animalito se
había ido a dormir y enterramos a la tortuga en el
patio trasero de casa. Yo solía acompañar a mi tío
Mike cuando andaba por el jardín sembrando semillas. Sabía qué era lo que vivía bajo la tierra y qué
destino aguardaba a mi difunta tortuga.

Luego llegó la última hora para mi abuelita. De
mis cuatro abuelos, era la única que había conocido,
y ella representaba para mí la cima de toda sabiduría.

Por supuesto, mis padres jamás dejaron que me
acercara a la funeraria, al servicio fúnebre o a la
tumba. Eso era algo que no se hacía en la década
del cincuenta. Mi madre se encargó de explicarme

que abuelita, lo mismo que mi maestra y mi tortuga, se había ido a dormir y ya no volvería del hospital.

Pensé en mi tortuga y me aterré. Pensé que aquella mujer tan amada por mí se convertiría en alimento de los gusanos sólo por haber cometido el error de irse a dormir en una noche determinada. Y con pura lógica infantil me convencí de que yo sería la próxima... tal como lo dice la horripilante canción infantil "Los gusanos se arrastran...".

La noche que siguió al funeral me negué terminantemente a irme a dormir. Mis padres fueron considerados y me permitieron quedarme en el living más que de costumbre, pero al final también ellos debieron insistir. Yo estaba aterrada. Resolví no volver a dormir jamás; recuerdo haber pensado entonces que los muertos permanecían durante tres días en su tumba y luego volvían a levantarse. Me preguntaba cómo se las arreglaría mi abuelita para salir. Grité y lloré hasta llegar al borde de la histeria, y mis preocupados padres no sabían qué hacer conmigo. Papá llegó a sugerir que bebiera un trago de su licor de frambuesas... sólo con fines medicinales.

Hasta que por fin me quedé dormida, más de agotamiento y por la bebida que por otra cosa, pero a la noche siguiente todo volvió a repetirse. Lo único que recuerdo de aquella noche era el miedo por mi tren, un juego completo de Lionel que mi padre y yo (él, sobre todo, desde luego) habíamos armado. Ocupaba casi un tercio de mi dormitorio. Mamá se enojó conmigo por tenerlo allí, pero terminó cediendo y se limitó a cubrirlo con una sábana.

Yo tenía la absoluta certeza de que en la tercera noche mi abuela vendría y, puesto que siempre me había querido tanto, me llevaría con ella, vaya uno a saber a dónde. Mis ideas acerca del cielo eran un tanto vagas en ese entonces, pero estaba segurísima de que no deseaba ir allí, por lo menos en aquel momento. Tenía siempre aquel horrible miedo de que yo, al igual que el resto de la humanidad, tendría que pasar alguna vez tres días con sus noches bajo tierra en compañía de los gusanos.

El tercer día después del funeral fue un sábado. Por alguna razón consideré que era "seguro" dormir ese día, de modo que hice una larguísima siesta. Mi madre protestó diciendo que por la noche no podría dormir... lo cual me venía de perillas. Si lograba mantenerme despierta toda esa noche, estaría segura para siempre.

Me fui a la cama, nerviosa y decidida, armada de una linterna hurtada de la cocina y un librito de cuentos (conste que mi abuela me había enseñado a leer cuando tenía tres años). Estuve leyendo al reparo de las cobijas todo el tiempo que pude, hasta que apareció mi madre y advirtió la luz. Entonces me senté en la cama, sosteniendo en brazos a Gretchen, mi muñeca de trapo, la espalda apoyada contra el frío revoque de la pared y haciendo esfuerzos para no dejarme doblegar por mis temores. Pero de nada sirvió. Recuerdo ahora haber experimentado un frío como jamás había sentido hasta entonces; hasta el aire de la habitación se me antojaba convertido en una miasma fría y húmeda, horripilante, asquerosa. Quien haya estado alguna vez en una cámara frigorífica, rodeado de carne que huele a muerte y a sangre rancia, congelada, comprenderá mejor lo que yo sentía.

Supongo que la llegada de mi ángel debe haberse producido alrededor de las diez. Me consta que no era tarde. Estoy segura de que mis padres estaban todavía levantados, porque cuando por fin los llamé pude oír el ruido de los pasos de mi madre subiendo por la crujiente escalera. La habitación estaba a oscuras, iluminada apenas por el velador de la mesita de noche y el tenue resplandor que se filtraba a través de las cortinas de una ventana por encima del radiador. Desde el lugar donde estaba sentada podía distinguir el descanso de la escalera en el piso alto. Puedo recordar todavía hoy cómo era el papel de las paredes: fondo claro con ramilletes de hiedra que trepaban entrelazados. Un diseño que ha vuelto a ponerse de moda, ahora para el tapizado de muebles y los utensilios de camping, y que me basta ver para que todos aquellos recuerdos vuelvan a mí.

Me hallaba paseando la mirada a través de la habitación, hacia el sitio donde se encontraba la cunita de mi muñeca, haciendo esfuerzos para que el pánico no me dominara, cuando advertí una especie de niebla plateada que empezaba a ocultar entre la bruma la vista de la pequeña cuna. Volví a enfocar los ojos para dirigirlos hacia un punto más cercano y pude ver que aquella luz plateada resplandecía suavemente a los pies de mi cama. Desearía poder describir cómo era esa luz, pero lo cierto es que hasta ahora nunca pude hacerlo con éxito: se trataba de algo demasiado ajeno a la tierra. Era ligera como el brillo del peltre, pero con un brillo interior. Si un diamante pudiera estar hecho de plata...

Y mientras seguía observando aquella luz tan hermosa, demasiado fascinada como para asustarme ante la experiencia más insólita de mi vida, de entre la luz comenzó a emerger una silueta.

Lo mismo que la nube que la envolvía, aquella silueta estaba bañada en la increíble luz y sentí como si la luminosidad comenzara a alcanzarme también a mí. El ser que apareció era más bien alto y de buena contextura física, aunque tengo la impresión de que mis estimaciones eran más bien mentales que físicas. Aquel ser —sabía que era un hombre— tenía una cabellera larga y fina que parecía formar un halo luminoso a su alrededor. Los rasgos de su rostro podían considerarse angulosos, no suaves o redondeados, y denotaban la serenidad más absoluta. Nunca pude ver que tuviera alas, y todos los detalles de su cuerpo parecían perderse en la bruma. Cuando analizo las cosas en este momento, se me ocurre que el ángel adoptaba una apariencia humana sólo cuando lo consideraba necesario para comunicarse conmigo.

Pero lo que recuerdo con mayor claridad —en realidad, todavía puedo verlos cerrando los ojos y volviéndolos a mi memoria— eran precisamente sus ojos. Eran muy grandes y oscuros (aunque siempre dentro de lo normal) y se los podía notar cargados de compasión por mí y por mis temores. Ahora bien, si alguien me preguntara qué aspecto puede tener la compasión, me vería en dificultades para responder. Pero lo cierto es que en aquellos ojos yo veía mucha compasión y una profunda piedad.

Recuerdo haberme sentado muy derechita en la cama, separada ahora de la pared a mis espaldas, como hipnotizada ante aquella aparición.

"No temas, Eileen —me dijo la silueta con voz pura como el cristal—. Tu abuela no está en una tumba fría y oscura. Goza de felicidad en el cielo, junto a Dios y en compañía de sus seres amados."

Las palabras que pronunciaba ese ser caían sobre mí como agua cálida: hacían que se fundiera el hielo que hasta entonces se había apoderado de mi cuerpo y mi alma. Mis manos recuperaron su calor. El aire, que antes me había parecido frío como la escarcha, ahora se me antojaba de miel.

—¿Quién eres? —le pregunté en silencio.

—Soy tu ángel de la guarda —se limitó a contestarme, con algo que podía ser una voz—. Recuérdalo siempre, no hay nada que temer.

Y entonces, antes de que pudiera decir ni preguntar nada más, el ángel comenzó a esfumarse, mezclándose de nuevo con la bruma; después, la niebla plateada se tornó transparente y pude ver otra vez la cunita de mi muñeca.

En un primer momento me limité a seguir sentada como estaba, sin lograr entender o saber qué era lo que acababa de ocurrir. Todo cuanto podía comprender era que ya no tenía miedo. No se trataba de sentir que el ángel hubiera desalojado a un monstruo; era el entendimiento de que el monstruo era todavía menos sustancial que el ángel envuelto en bruma. De una manera muy sutil, el ángel había modificado algo existente en mi interior.

Eché un vistazo a mi juego Lionel, envuelto en una sábana blanca, y ya no le tuve miedo. No ocultaba pequeños monstruos que despertarían en mitad de la noche para atarme con pequeñas cuerdas y mantenerme prisionera, tal como mi madre me había leído una vez, de acuerdo con una versión infantil de *Gulliver*.

Observé las ventanas, que según mis temores podían permitir la entrada de los monstruos nocturnos que pudieran venir, y todo cuanto vi fue la luz del porche que se filtraba muy tenue a través de las cortinas.

Pensé en mi abuelita y supe, lo supe sin asomo de duda, que mi visitante nocturno estaba en lo cierto. Ella no vendría a buscarme. No estaba desmenuzándose en su ataúd. Se había liberado por completo de todo lo terreno y había ido al cielo, para estar con Dios y con mi abuelito y sus dos hijos muertos en 1919 durante la pandemia de gripe.

Una vez que hube ordenado mis pensamientos lo mejor que pude, llamé a mi madre, que acudió a la carrera. Le conté lo que había pasado.

—Qué sueño más hermoso has tenido, querida mía —fue todo lo que dijo, preocupada por su propia pena a raíz de la muerte de abuelita, y subrayó esas palabras con un beso. Después volvió al piso bajo para consolar a papá, cuyo dolor por la pérdida de su madre era muy profundo. (Al día siguiente, a instancias de mamá, él se fue al Canadá a pescar. Cuando volvió, una semana más tarde, dijo que se sentía mejor, pero que no había podido traer a casa un solo pescado.)

Cuando mi madre volvió abajo, comprendí que no me había creído y aquello me desalentó bastante, pero creo que incluso entonces comprendí que debía ser así. A decir verdad, mi familia no era particularmente religiosa, si bien todos creíamos en Dios y mis padres hasta me mandaban a una escuela dominical cerca de casa. Para ellos, los ángeles eran criaturas propias de la mitología que todos vinculamos con las leyendas navideñas.

Pero yo sabía en aquel momento, tal como lo sé ahora, que no se trataba de un sueño. Había estado despierta durante el terror más exquisito de toda mi vida, y sin embargo, minutos después, sentía mi propio calor y ya no tenía miedo. Volví a pasear la vista por la habitación, me deslicé entre las sábanas, lancé un gran suspiro de alivio y me entregué al sueño.

Cuando desperté al día siguiente, era bien entrada la mañana. Mi madre oyó que empezaba a moverme y subió a conversar conmigo para decirme que papá había salido a pescar por unos días.

—No soñé con el ángel, mamita —le dije.

Ella sonrió.

Muchas veces después lamenté no haberle preguntado nunca a qué atribuía los cambios operados en mí a partir de entonces. Por qué cuando sonaba el teléfono no le temía. Cuando ella ponía a funcionar la aspiradora, me quedaba en la cocina disfrutando de mi desayuno. Ni siquiera volví a pensar en tener miedo. Cuando salíamos a hacer las compras, ya no experimentaba la necesidad de aferrarme de su mano y pegarme a ella. De manera muy sutil, el ángel había modificado mi percepción de la muerte... había alterado todo el temor con que enfocaba los distintos aspectos de la vida.

En realidad, por eso estoy convencida de que mi encuentro angélico fue algo real y no una fantasía nacida de la desesperación infantil: porque todos los miedos desaparecieron en un instante, cuando el ángel me dijo que no temiera, y se fueron para no volver jamás. Y a partir de aquel día nunca he vuelto a sentir miedo a la muerte; para mí se trata ni más ni menos que de un acontecimiento más en nuestra vida, tras el cual pasamos a gozar de la alegría que aguarda a los hijos de Dios. Y sé que es real porque, al cabo de casi cuarenta años, nunca he podido relatar a nadie aquella historia sin evitar el llanto.

Nunca más volví a ver a mi ángel bajo aquella forma. La noche que siguió a la del encuentro permanecí levantada largo tiempo con la esperanza de que la luz maravillosa y curadora, y el ser que había venido a mí, retornaran, pero me decepcioné. Nunca volví a ver a mi ángel guardián en tanta magnificencia. Se lo pregunté, sólo para encontrar siempre la misma respuesta: "Ya no tienes necesidad de volver a verme en gloria".

A lo largo de los años, he compartido raras veces mis encuentros y sólo con miembros de la familia. Se trata de un momento demasiado querido y valioso para mí como para hablar de él como podría hacerse con respecto al trabajo de la casa, a los chismes del barrio o cosas por el estilo. Cuanto más lo medito, a medida que he ido sumando años a mi vida, los encuentros me han parecido demasiado preciosos como para compartirlos incluso con los familiares. Eran sagrados, santos, tenían sentido sólo para mí. Eran consuelo cuando la vida se tornaba triste. Aliento en los momentos difíciles. Gozosa afirmación cada vez que experimentaba la sensación del amor y la luz divina colmando mi vida. Constituía una permanente recordación del amor de Dios hacia mí.

Cuando empecé a poner en movimiento mi cadena de observadores de ángeles, descubrí que la gente solía preguntarme si había tenido algún encuentro angélico. En un principio me limitaba a hacer un gesto de asentimiento y sonreír. Pero si me pedían que compartiera uno de esos encuentros, negaba con la cabeza antes de explicar que se trataba de

algo "muy personal". No obstante, en el verano de
1992 asistí a un taller de fin de semana acerca de los
ángeles, organizado por Sophy Burnham, cuyos libros
sobre el tema son bien conocidos. Allí volví a recibir
los insistentes pedidos de siempre de que compartiera
mis encuentros, preguntas que se me hacían sobre
todo en torno de la mesa o cuando manteníamos
conversaciones sin mayor importancia fuera de las
sesiones propias del taller. Sistemáticamente me
negué a hacerlo. Es que simplemente no me parecía
correcto relatar toda la historia en momentos en
que teníamos la boca llena disfrutando de la comida,
y jamás conté una historia en forma abreviada: o
podía contarla íntegra o no diría nada.

Sin embargo, el domingo de aquel fin de semana,
durante el taller, sentí que mi ángel de la guarda
me hablaba desde lo hondo de mi corazón. Yo había
estado meditando y rezando para decidir si compartiría
mi encuentro o no. Es algo que me resulta muy
duro, porque cada vez que lo hago revivo toda la
experiencia del encuentro y después me hallo llorando
amargamente, para terminar vaciándome emocionalmente por completo. Pero cuando le pregunté a
mi ángel si debía compartirlo, sentí con toda claridad
que me respondía afirmativamente. De modo que
al llegar el momento oportuno, hice una profunda
inspiración y pedí un micrófono.

Me puse a llorar mucho antes de terminar mi
exposición, y muchos de los que formaban parte de
ese grupo de casi un centenar lloraban conmigo.

Uno de los participantes llegó a decirme después que, en su opinión, aquélla había sido la parte más trascendente de todo el taller. Y durante una meditación ulterior mi ángel me dijo que de allí en adelante debería referir mi caso a todo el que me lo pidiera, sin preocuparme de cuándo y dónde se escucharía mi historia. "Dios utilizará tu historia para hacer que cada vez más gente se acerque a la Luz", me dijo. Y cuando presto más atención al relato, puedo advertir que Dios concede la gracia a los corazones de quienes lo escuchan. Se trata de algo que confiere gran gozo y humildad.

Con frecuencia me preguntan cómo es posible que recuerde tantas cosas de aquel momento. "¿No será que vuelve a introducir allí las cosas de su vida como persona adulta?", me dicen. Pero cuanto más pienso en ello, más se acrecienta la fuerza de mi respuesta negativa. Y cuando miro hacia los últimos cuarenta años de pensamientos dedicados a ese relato, lo que más me sorprende es que no se haya modificado en absoluto. No he creado un coro de ángeles entonando loas de alabanza como fondo, ni un prolongado diálogo entre el ángel y yo. En este momento la historia no difiere en nada de lo que era en 1952.

Desde luego, algunas cosas han cambiado. En 1952 yo no era una escritora poseedora de ese don que permite utilizar la palabra recurriendo a las que mejor sirvan para describir mi encuentro. A los cinco años ignoraba muchas cosas acerca de las perlas, el peltre y la plata como colores o tonalidades

que pueden servir para describir la radiante belleza
del ángel. Entonces sólo podía haber dicho que
"parecía blanco, pero no lo era".

A medida que fui compenetrándome del trabajo
que hacen los ángeles, he conocido cada vez más
personas que recuerdan haber visto a sus respectivos
ángeles guardianes cuando eran niños. Lo que me
llama la atención es la increíble cantidad de detalles
que conservan en su memoria. Por lo tanto, no creo
que mis recuerdos de aquel acontecimiento constituyan
algo tan extraordinario.

Además de haberme liberado para siempre de
mi temor a la muerte, mi ángel depositó en mí las
semillas que al crecer se convertirían en hambre
de saber cada vez más sobre Dios y la dimensión de
eso que denominados el cielo o el Reino. Comencé
a llevar diarios de meditaciones desde los once años,
y volcaba en ellos los pensamientos que se me ocurrían
con relación a Dios y los ángeles. Cuando ahora los
releo no puedo encontrar en mis apuntes nada de
profundo, pero salta a la vista que el ángel ha despertado
en mí las ansias por conocer a Dios y formar parte
de ese glorioso himno de creación que entonan todos
Sus hijos. Sorprendí enormemente a mis padres cuando
les confié que me sentía pertenecer a la Iglesia
Católica, y si les molestaría que comenzara a asistir
a sus servicios en lugar de concurrir al templo episcopal
como lo había hecho hasta entonces. En un principio
no se mostraron muy entusiasmados, pero después

de cinco años de perseverar logré que accedieran a mis deseos de hacerme católica.

Estoy convencida de que estaba en los planes de Dios que yo así lo hiciera, puesto que, en ese ambiente, mi creencia en la inmanente ayuda de los siervos de Dios creció con gran rapidez. La tradición católica siempre ha aceptado la intervención sobrenatural como parte normal de la vida, esencial para la vida, a decir verdad, y esa ayuda sobrenatural incluye a los ángeles. Cuando asistí a la escuela y, luego, a la secundaria, no tuve dudas en el sentido de que mi ángel estaba a mi lado para guiarme.

Sin embargo, debo confesar que nunca había imaginado los alcances del trabajo de los ángeles y su actividad en la historia del mundo, hasta que no ingresé en la universidad como estudiante de religiones comparadas. Al estudiar las diferencias existentes entre los distintos sistemas religiosos —orientales, occidentales—, empecé a advertir la universalidad de los ángeles de Dios. Virtualmente, todos los sistemas religiosos que estudié se referían a seres cuya misión y actividades eran comparables a las de los ángeles que yo conocía. Algunas veces se los denominaba kami o peri, o también fravashi. En ciertos casos se los consideraba semidioses o hijos de los dioses. Pero, en muchos aspectos, eran mensajeros, guardianes, protectores.

La mano sobre mi hombro

Nunca hasta 1970, casi al término de mis estudios superiores, había considerado a mi ángel de la guarda como un protector. En mi carácter de estudiante, en Barnard, podía considerarme religiosa y políticamente tan activa como el que más. Tratando de acercarme más a la Luz que es Dios, pude ver cuánta bendición había recibido, y tratando siempre de vivir más plenamente en la luz, sentí la necesidad de hacer cuanto pudiera para mejorar la vida de los demás. Yo formaba parte de un pequeño grupo que se reunía con regularidad en distintos hogares, para celebrar la Eucaristía y planear actividades tales como colaborar en el banco de alimentos o protestar contra la injusticia con los grupos de acción social que se movían por el Morningside Park, en Harlem.

Cierto día, iba caminando por Broadway en dirección a la Calle 121 para encontrarme con un amigo que vivía por allí. Habíamos proyectado reunirnos para discutir detalles de la misa que celebraríamos la semana siguiente en una de las casas. Se trataba de un día absolutamente común. Ni siquiera puedo recordar ahora cómo estaba el tiempo.

Eché a andar cruzando los portales de Columbia, Earle Hall (el edificio destinado a las actividades religiosas), las aulas, el College de Maestros; a mi izquierda, del otro lado del agitado tránsito de Broadway, estaba Barnard, mi colegio.

Doblé a la derecha para meterme en la 121. El departamento de mi amigo Víctor se encontraba en un edificio muy común, en mitad de la cuadra. Frente a su casa estaba la iglesia de Corpus Christi, muy bonita, en estilo georgiano y pintada de blanco, un tanto embutida entre otros edificios, pero de todos modos encantadora.

Me aproximé al edificio donde estaba el departamento de mi amigo y puse el pie derecho sobre el primer peldaño.

Sentí de pronto que una mano muy fuerte se apoyaba en mi hombro izquierdo y me obligaba a detenerme sin ninguna resistencia. Giré en redondo, temerosa de que se tratara de alguien que deseaba hacerme algún mal. (Me habían asaltado una vez, cuando cursaba mi segundo año del secundario, y si bien no resulté mayormente perjudicada, la experiencia vivida seguía siendo muy desagradable.)

No había nadie.

Llena de asombro, eché una mirada a mi alrededor, pensando que alguien podría estar a punto de esfumarse a la vuelta de la esquina. Pero la calle se encontraba poco menos que desierta. No podía ver a nadie lo bastante cerca como para que hubiera podido tocarme.

Por tonto que pueda parecer ahora mi gesto, lo cierto es que también miré hacia lo alto como a la espera de advertir algo en el cielo, un pájaro quizás...

Pasado un minuto volví a lo mío y de nuevo puse mi pie sobre el primer peldaño.

Esta vez la mano que se apoyó en mi hombro

no sólo me obligó a detenerme, sino que casi me tiró hacia atrás. Volví a girar, de nuevo miré a mi alrededor, pero la calle seguía desierta.

En ese momento pude oír la voz de mi ángel guardián, nítida como el tañido de una campana en una fría noche de invierno: "No te conviene entrar en este momento".

Reconocí aquella voz al instante, a pesar de que habían transcurrido ya dieciséis años desde que la oyera por última vez, y el corazón empezó a darme saltos de gozo dentro del pecho. Volví a mirar a mi alrededor, ansiosa ante la posibilidad de verlo nuevamente, ahora como adulta, y expresarle el agradecimiento que siempre había deseado transmitirle, cara a cara por fin.

Pero él no estaba allí.

Miré hacia arriba en dirección al frente del edificio. Parecía absolutamente común y ordinario; pero mi ángel de la guarda acababa de indicarme que no entrara. ¿O no había sido así? Sus palabras no habían sido terminantes: "No te conviene entrar...". ¿Debía hacerlo o no? Después de todo, se suponía que yo iba a encontrarme con Víctor y la razón del encuentro tenía cierta importancia. No podía decidirme.

Cuando comprobé la hora, pude ver que todavía contaba con algunos minutos antes de que llegara el momento fijado para la cita. En ese momento las campanas de Notre Dame, otra parroquia distante sólo unas pocas cuadras de allí, dieron el cuarto. Ya sé, pensé entre mí, tengo que ir a Corpus Christi para hacer una pequeña "visita"... como llamamos los católicos a nuestras devociones privadas.

Crucé la estrecha calle de aquel barrio residencial y entré en la iglesia. Hice una genuflexión y me arrodillé en uno de los bancos para una breve plegaria; después tomé asiento y me puse a pensar en lo que acababa de pasarme.

Mi ángel me había frenado en el momento en que me aprestaba a visitar a mi amigo y me había dicho que no lo consideraba prudente. Pues bien, ¿qué podía haber de imprudente en reunirse para planear una misa? ¿Habría algo relacionado con Víctor que no era aconsejable? ¿Nuestra pequeña asociación no era conveniente?

Reconozco que suelo cometer a menudo el error de convertir en montaña un granito de arena. Las palabras de mi ángel eran sencillas y directas, pero durante quince minutos por lo menos había estado intentando leer algún sentido más o menos oculto en ellas.

Estaba todavía tratando de llegar a una conclusión, cuando empecé a oír un ulular de sirenas. Al principio parecían venir de muy lejos, de modo que preferí no prestarles atención. Después de todo, siempre es posible que suenen las sirenas en una ciudad como Nueva York. Pero a medida que fueron haciéndose más intensas y en número creciente, el ruido fue demasiado grande como para seguir ignorándolo. En realidad, ahora las sirenas sonaban como si provinieran del otro lado de la puerta.

Movida por la curiosidad, me incorporé, hice una reverencia y salí al vestíbulo.

La impresión que recibí al abrir la puerta fue tremenda.

Frente al edificio donde estaba el departamento de Víctor había por lo menos cuatro patrulleros y vehículos de emergencia, las sirenas no se acallaban, se encendían luces. Los agentes entraban corriendo en aquel edificio, con sus armas desenfundadas. Cuando, obedeciendo a un gesto automático, intenté cruzar la calle, un bombero me contuvo con toda cortesía para decirme que se trataba de una emergencia y debía despejar la zona. Lo hice de inmediato. A decir verdad, eché a correr y no dejé de hacerlo hasta no doblar la esquina para volver a internarme en Broadway. Cuando reingresé en el edificio donde se encontraban los dormitorios de los internos, seguían llegando coches policiales al lugar de la escena.

Durante toda la tarde estuve muy impresionada por lo ocurrido. ¿Pero qué había pasado en realidad? No tenía la menor idea y el teléfono de mi amigo no contestaba. No tardó en llegar la hora de la clase de sociología de la religión, fijada para las cuatro, y sólo después de la misa de las cinco y de la cena estuve de vuelta en mi habitación.

Realmente, tengo que tratar de ponerme en contacto con Víctor, pensé mientras descolgaba el teléfono y marcaba su número. Ahora sí, contestó.

Empecé por pedirle disculpas por no haber ido a la cita de acuerdo con lo convenido. A decir verdad, en aquel momento no había decidido aún si contarle lo del aviso de mi ángel.

La respuesta de mi amigo no pudo ser más clara: "Tengo serias dudas de que hubieras podido entrar en mi casa. Ya viste la cantidad de policías que se juntó allí, y no era para menos. En el ascensor había una mujer muerta... cosida a puñaladas por un narcotraficante. Era algo horrible. Pidieron permiso para revisar todos los departamentos. Y me parece que terminaron por capturarlo".

Aunque él siguió hablando, yo no lo oía. Tenía la sensación de que se me revolvía el estómago como si estuviera sufriendo un curioso mareo, y me senté bien derecha sobre la cama. ¡Dios mío!, pensé. De no habérmelo advertido mi ángel de la guarda, podía haber sido yo la persona acuchillada.

Formulé algunos comentarios que consideré apropiados para seguir la conversación con mi amigo y en seguida corté. Me di cuenta de que estaba temblando debido a la gran impresión, al miedo, al alivio que sentía... Era una mezcla de todo eso. Pero entonces volví a oír dentro de mí las palabras que me había dicho mi ángel cuando me visitó de niña —"No tienes nada que temer"— y poco a poco fui calmándome. Ahora me daba cuenta de lo que había querido decirme cuando me contuvo a la puerta del edificio donde vivía mi amigo. Me arrodillé y expresé mi agradecimiento. Prometí que siempre daría gracias a Dios por la protección y el cuidado que me brindaba mi ángel de la guarda, y que difundiría la voz para que todo el mundo se enterara de que contamos con un maravilloso ángel guardián que nos protege la vida.

Nunca formulé demasiados comentarios acerca de este encuentro. Es posible que en el ambiente universitario tuviera menos certeza de que me creyeran; menos todavía que cuando hablé del asunto a los cinco años. Y considero incluso que la razón principal de mi proceder era que daba por descontado lo que me preguntarían: "¿Pero cómo pudiste saber que se trataba de tu ángel de la guarda?". Y en aquel momento de mi vida sencillamente no quería compartir con nadie mi historia infantil.

Terminado el secundario, concurrí a graduarme a los cursos correspondientes en la Universidad de Notre Dame, donde obtuve un master y trabajé en procura del doctorado en teología, con especialización en Escrituras, Liturgia y los primeros autores cristianos. Así empecé a ver con mayor claridad las diversas formas de actuar de nuestros ángeles, no sólo sobre nosotros como individuos, sino como grupos, y me puse a escribir mis primeros artículos sobre el tema destinados a revistas académicas y publicaciones litúrgicas. Pero de todos modos seguí guardando silencio respecto de mis propias experiencias.

El programa piloto

En septiembre de 1979, mi ángel de la guarda y algunos otros ángeles, que estaban al servicio de Dios junto con él, comenzaron a enseñarme una cantidad de cosas acerca de cómo se halla organizada su asociación y cuál es la naturaleza y las capacidades de los ángeles. Ese aprendizaje prosiguió por espacio de unos tres años, prácticamente casi a diario.

En la época en que comenzaron aquellas visiones interiores me encontraba en Glendale, Arizona, trabajando en una empresa editorial de música sacra. Una tarde, estaba tranquilamente sentada en el living de mi casa revisando mi colección de estampillas, cuando comencé a sentir la presencia de Dios en una forma completamente desusada para mí. Empezó con una especie de pérdida sensorial durante la cual mi atención fue dirigiéndose en forma gradual hacia mi interior. Ya no oía la música del estéreo que me servía de fondo ni podía ver las cosas de aquella habitación. Todos los objetos que tenía frente a mí adquirieron una forma bidimensional, para decirlo de alguna manera, y se decoloraron por completo. Me hallaba hundida tan profundamente en mi propio corazón, en mi alma, que había perdido toda conciencia del mundo exterior. Y en lo más hondo de mi corazón pude ver la sombra de Dios, tan brillante que resultaba imposible mirarla, y sentí que aquella sombra me colmaba de luz y de paz. Era como si todos los pensamientos, actitudes y obligaciones que provocan nuestros conflictos de la vida diaria estuvieran aliviados y resueltos; y yo experimentaba una tranquilidad tan inmensa que no podría encontrar palabras para describirla. Por un momento fue como si cuerpo, mente y alma hubieran alcanzado una perfecta armonía, para enfocarse sobre la Fuente de su ser. Era un momento de enorme gozo, y sin recurrir a la palabra di gracias al señor por permitirme vivir tamaña experiencia, por haberme permitido pregustar de esa manera la armonía del cielo, pues no otra cosa sentía yo que era aquello que estaba experimentando. En la literatura mística eso se denomina contemplación infusa... un instante del que se sirve Dios para arrastrar a las almas carentes de recelo hasta las profundidades del misterio divino. Se trata de un esclarecimiento que procede del Espíritu y no de un saber que pueda adquirirse humanamente, y nada tiene que ver con que se trate de una persona común o de un santo, de un conocedor de lo espiritual o de alguien por completo ajeno a ese conocimiento.

Durante un momento permanecí allí, sentada, disfrutando de una perfecta paz, profundamente hundida en mi corazón, allí donde brilla la luz de Dios en todos nosotros. Y entonces pude oír una voz que venía del centro de mi ser. La voz decía: "Soy Enniss, servidor de Dios, y tu guardián por la gracia divina; y tú eres mi custodiado en este mundo".

Reconocí la voz al instante, a pesar de que parecía provenir del interior de mi cuerpo. Era la misma voz que me había tranquilizado cuando niña y luego ya como adulta, la voz de mi ángel de la guarda. Y supe que el nombre era el correcto, a pesar de que jamás hasta entonces lo había oído.

Luego oí otras voces. Sin duda ha de parecer extraño si digo que, si bien todas las otras voces sonaban igual, sabía que pertenecían a diferentes seres.

"Soy Asendar, el que guía a los guardianes de tu raza, y el superior de Enniss."

"Soy Kennisha, que sirve al Altísimo como protector de tu raza."

"Soy Tallithia. Yo llevo el registro, para que todo el cielo pueda ver y quiera saber."

Mientras escuchaba esas voces interiores, oía música, si es que así podía llamarse aquello tan increíble que no encuentro palabras para describir. Era como si el mundo entero fuese un rollo de tela y en él cada hilo estuviera entonando una canción diferente que armonizaba a la perfección con todas las demás y en aquellos puntos donde los hilos se entrecruzaban, un contrapunto de percusión lo pusiera todo en movimiento, para que el sonido ondulara y fluyera por mi ser a punto tal que, según creo, me levanté de la silla y me puse a bailar sola con los innumerables seres que poblaban mi living. Si se trataba de una música, yo cantaba de acuerdo con las longitudes de onda de luz, colores y matices imposibles de captar para el ojo humano; veía luces ultravioletas, infrarrojos y de puntos del espectro a los que todavía no hemos dado nombre, gradaciones de color que curaban, creaban, amaban, eran a la vez causa y efecto. Sentía que, si hubiera podido llenar una fuente con aquellos colores podía haberme nutrido con ellos por el lapso de cien vidas. Deseaba seguir la música, el color y la danza, hasta llegar a los pies del Único que había creado todo aquello...

Al cabo de unas dos horas aquella visión interior comenzó a esfumarse muy lentamente. Volvieron a mí las sensaciones humanas comunes y empecé a darme cuenta de todo lo que me rodeaba. Toqué el brazo de mi sillón; pude notar la textura de su tapizado. Observé los objetos de mi alrededor: la máquina de escribir, el álbum de estampillas, unos libros de filatelia... todo tal como lo había dejado. El estéreo dejaba oír su música, según puedo todavía recordar era algo de Anne Murray. Pero a pesar de eso, durante un tiempo seguí desorientada y sin saber qué significado podían tener todas aquellas cosas comunes. Me sentía como si hubiera estado conteniendo la respiración durante dos horas. Me incorporé con lentitud y caminé hasta la cocina en busca de un vaso de agua. Cualquiera fuese el viaje del que acababa de regresar mi espíritu, mi cuerpo tenía sed. Poco después me fui a la cama.

Al día siguiente asistí a la primera misa. Traté de concurrir a la iglesia con la mayor asiduidad posible; siempre fui de los que consideran que la oración en grupo es de gran ayuda espiritual. Después me encaminé hacia un parque desierto al norte de la ciudad, provista de mi máquina de escribir, una Biblia y unos cuantos litros de agua, con intenciones de pasar un tiempo dedicada a la oración y a meditar en el extraordinario suceso de la noche anterior. Y mientras estaba allí, rodeada de una variedad de cactus, chollas y liebres, me dediqué a pensar en aquellos nombres que había oído: Enniss, Kennisha, Asendar, Tallithia. Por cierto que hasta entonces jamás había imaginado que un ser humano pudiera tener más de un ángel de la guarda para guiarlo. (En el Islam, por ejemplo, se considera que cada persona tiene dos ángeles, uno que es su guardián y otro que pasa el tiempo tomando nota de todo cuanto esa persona dice y hace.)

Recé con toda la sinceridad y humildad de que fui capaz, rogando al Espíritu que me permitiera ver qué podía significar aquello y en qué forma debería interpretar mi visión. Yo sabía que la mayoría de las visiones de los seres humanos no son sino eso; provienen de nuestra inteligencia y de la posible perspicacia que tengamos, y si bien puede ser algo bueno y positivo, no pueden considerarse un don del cielo. ¿Sería algo así lo que acababa de sucederme? Me lo pregunté durante mucho tiempo. Pensaba: es sólo algo causado por tu anhelo de Dios. Después de todo, no eres más que un sujeto común y corriente, Eileen, y como bien sabe todo aquel que alguna vez se haya visto interceptado en una carretera o tuvo que esperar demasiado en la caja del supermercado porque alguien no encontraba cambio para pagar, también tú distas tanto de ser una santa que tu ángel guardián debe haber tenido que mesarse los cabellos varias veces por día, presa de frustración.

Pero mientras pensaba en los frutos de aquello que acababa de experimentar, empecé a comprender que de ninguna manera yo podía haber fabricado aquella luminosidad, ni siquiera en el caso de que hubiera entendido algo de electricidad, y menos todavía provocar colores y música, por no hablar de aquella beatífica sensación de paz y gozo que invadió mi alma durante la experiencia. Todas esas cosas estaban muy lejos de mí. Sólo Dios podía haber dejado llover aquellas maravillas sobre mi espíritu.

Me demandó casi toda la mañana llegar a la absoluta seguridad de que lo experimentado no había sido nada artificioso ni producto de mi imaginación. En ese momento aquellos nombres que durante un tiempo había dejado a un lado volvieron a invadirme. Si la visión había sido real, pensaba, entonces también los nombres lo eran, los ángeles eran reales.

Volví con mis oraciones a Jesús y le pedí que abriera mi corazón a lo que tuviera que ser. Quizá deseaba transmitirme sus enseñanzas a través de sus servidores los ángeles, y mencioné sus nombres en mis oraciones: Enniss, Asendar, Kennisha, Tallithia. Después me dirigía a ellos diciéndoles que intentaría escuchar todo cuanto Dios quisiera comunicarme. Me resultaba fácil dirigirme a Enniss; me era posible ver aquel rostro que se volvió hacia mí cuando yo era una niña y me bastaba para ello cerrar con fuerza los ojos. Sabía que el nombre de Enniss era el correcto. Aunque, desde luego, no creo que sea el nombre "real" de mi guardián, pero sí me consta que él desea que por ahora siga llamándolo por ese nombre.

No esperaba que mis oraciones fueran a obtener una respuesta clara y evidente, y en rigor de verdad así fue, pero, de todos modos, lo que hice fue pasar a máquina un resumen de aquella mañana antes de meterme en el coche para regresar a casa.

En la esperanza de recibir nuevas aclaraciones sobre lo que esos nombres podían significar para mí, comencé a dedicar dos horas diarias a la oración solitaria y la meditación, pero lo hacía sólo para sentirme abierta a la gracia. Y descubrí que en los momentos más impensados me era posible recibir algo así como chispazos de lo que creía, y aún sigo creyendo, eran concepciones de Dios, transmitidas por Enniss, acerca de la dimensión de eso que llamamos cielo y de esos seres angélicos que nos ayudan a los humanos a persistir en una búsqueda que nos permita vivir dicha dimensión en toda su plenitud.

En un comienzo no estaba muy segura de lo que debía hacer con esos pensamientos. Por supuesto, en todos los casos los anoté; adquirí la costumbre de quedarme en la iglesia hasta una hora después de terminada la misa, para dedicarme a leerlos y pedir a Dios que los esclareciera. Finalmente, un día me hice el firme propósito de escribir una especie de diario espiritual, no ya un resumen escrupulosamente detallado de lo que pasaba día por día, sino la progresiva exploración de las realidades espirituales en las que tanto pensaba. No tenía la menor idea de que algún día podría servir la lectura a alguien que no fuera yo, de modo que me dediqué a mezclar fantasías y especulaciones con lo que en realidad sucedía cada día, y exploré hasta sus límites los pensamientos que estaba recibiendo poco menos que a diario. No quiero decir con esto que Dios estaba todo el tiempo inundándome los oídos para hablarme de los ángeles, en una serie ininterrumpida de raptos contemplativos. Lo que quiero significar es que, a medida que perseveraba en aquella meditación diaria, hogareña y honesta, con mucha frecuencia veía cosas relativas a las órdenes angélicas que en mi interior yo sentía que debían quedar registradas.

Aquellas iluminaciones interiores continuaron durante cerca de tres años. Para entonces había regresado junto a mi familia en Nueva Jersey, donde necesitaban de mi ayuda tanto mi padre —que se aproximaba a su fin debido a un cáncer de pulmón— como mi madre. Seguí manteniendo mi "diario" y haciendo las meditaciones todos los días en forma regular. Para cuando Enniss me anunció que el trabajo inicial estaba terminado, aquello se había convertido en cuatro volúmenes, un trabajo de mil doscientas páginas al que denomimé *The Guardians of the Earth* (Los guardianes de la tierra). Dividí la obra en cuatro volúmenes en base a los períodos de visiones desusadamente intensas que había recibido: *The Pilot Program* (El programa piloto), en el cual Enniss describe una nueva especie de relación que ahora está empezando a entablarse entre los ángeles y los humanos; *The House of Healing* (La casa de sanación), que muestra en qué forma estamos en condiciones de trabajar con los ángeles por medio de la gracia de Dios para sanar nuestras vidas del mal y la oscuridad; *The Rituals of God* (Los rituales de Dios), donde se explora las formas en que el cielo y la tierra están aproximándose cada vez más a medida que se aquietan los vientos del momento; y *The Percivale Riddle* (La criba de Percival)* que avizora un mundo en el cual ángeles y humanos cooperan de una manera nueva y más fuerte que nunca con el propósito de transformar el mundo. Las percepciones interiores referentes a los ángeles están escritas tal como las recibí, exploré y puse a prueba, en tanto muchos de los aspectos exteriores del libro obedecen a ficción y pura fantasía.

Según ya dije, en momento alguno contemplé la posibilidad de publicar todo aquello. En lo más íntimo de mi ser me considero una persona intensamente inclinada a mantener las cosas en privado, de modo que era imposible pensar en que pudiera mostrar tanto de mi alma. Pero seguí leyendo y releyendo

---

* Este último título plantea una duda: la autora puede referirse simplemente a Percival, uno de los caballeros de la Mesa Redonda reconocido por su piedad, o bien, lo que también sería posible, al teósofo norteamericano Harold W. Percivale, de principios de este siglo. *(N. del T.)*

aquellos trabajos, y en determinado momento consideré que correspondía transcribirlo todo a un archivo de computación. Ello ocurría en 1988, poco después de que mi madre entrara en la plenitud del Reino.

Alrededor de un año más tarde llegué a la conclusión de que mis diarios tendrían que publicarse, y pensé incluso que podía haber estado obstaculizando la labor de cambio y esclarecimiento al retraerme por causa de mi temor a exponer a la luz pública mis pensamientos más íntimos. Pero me acobardaba la idea de volver a mecanografiar aquellas mil doscientas páginas, incluso tenía otras obligaciones que impedían la realización de semejante esfuerzo. De modo que hice algo que en ciertos círculos religiosos se denomina lanzar el anzuelo o, mejor, tirar la red. Se trata de algo un tanto ingenuo, que consiste en imponer determinadas condiciones, poco usuales, y en caso de ser aceptadas, considerarlas como una señal de aprobación celestial. Así que escribí un cartelito y lo puse en la vidriera de una librería especializada en material religioso: TENGO UN MANUSCRITO DE 1200 PÁGINAS REFERENTE A ÁNGELES QUE SE DEBE RECOMPONER PARA CONTAR CON UN ARCHIVO COMPUTADO. LA PARTE BUENA: PUEDE SERVIR CUALQUIER CLASE DE PC Y EL TIEMPO NO CONSTITUYE UN FACTOR. LA PARTE MALA: EL MANUSCRITO ESTA A UN SOLO ESPACIO, MECANOGRAFIADO CON MÁQUINA COMÚN SOBRE PAPEL MUY DELGADO Y DE AMBOS LADOS DE LA HOJA. LA MITAD DEL TEXTO CORRESPONDE A DIÁLOGOS (¡CANTIDAD DE COMILLAS!) Y ESTÁ SIN REVISAR, POR LO QUE ABUNDAN LAS ERRATAS. PUEDO PAGAR UN MÁXIMO DE 50 CENTAVOS POR PÁGINA. La idea de que

ningún dactilógrafo tomaría ese trabajo considerando
lo ridículo de la paga ofrecida me convenció de que
no tendría respuesta alguna, pero cuando estuve de
vuelta en casa después de dejar el cartelito, en el
contestador automático de mi teléfono me esperaba
el mensaje de una mujer que decía estar interesada
en hacerlo porque le interesaba todo lo que se relacionara
con ángeles y que con todo gusto pasaría en limpio
mi trabajo de acuerdo con las condiciones ofrecidas.

En ese momento comprendí que mi ángel de la
guarda había estado en lo cierto cuando me dijo
que en los planes del Señor estaba que yo diera a
publicidad aquellos pensamientos. Todavía no se
han publicado, pero confío en que así sea cuando
llegue el momento oportuno.

Durante los dos años que siguieron me sentí
impulsada por el deseo de compartir con los demás
lo que sabía sobre los ángeles. Descubrí la existencia
de avenidas ya abiertas, como los clubes nacionales
de interesados en ángeles, y entablé correspondencia
con los autores de libros y música sobre los ángeles.
Me lancé en busca de referencias sobre ángeles en
los medios y pude advertir cuán abundante y enfáticas
eran. Y hubo dos cosas que me quedaron bien en
claro:

Primero, ni siquiera las personas más involucradas
con este fenómeno de conciencia de que existen los
ángeles parecían percatarse de ello o estar en condiciones
de comunicar la enormidad del hecho. Se hallaban
aisladas entre sí por razones geográficas, cuando

no por pura inclinación o por carecer de medios para comunicarse.

Segundo, de acuerdo con lo que conocía por mi propia vida, podía ver también una diferencia fundamental entre el modo de actuar de los ángeles en nuestra época y lo que yo ya sabía sobre su compromiso en el pasado.

Llegada a ese punto, decidí que necesitaba formar una especie de centro de distribución de datos e informaciones sobre los ángeles. Se trataría de una observación de ángeles no para dirigir la atención hacia ellos mismos, cosa que detestan, sino para recordarnos a todos la existencia de un Dios de amor que tiene a esos seres bajo su mando para servirle y ayudarnos a nosotros a encontrar nuestro camino hacia la Luz cada vez con mayor rapidez. Ayuda, asistencia, la necesaria publicidad e incluso algunas pequeñas contribuciones monetarias me ayudaron a poner en pie la Cadena de Observadores de Ángeles. No soy predicadora por naturaleza, mi organización no es sino un testimonio público de que nuestro Dios es un Dios amantísimo que se preocupa por cada uno de nosotros, hasta llegar incluso a ponernos bajo el cuidado de nuestros ángeles custodios, encargados de conducirnos hacia el amor y la sabiduría y alejarnos del temor y el odio.

Creo en los ángeles.

Capítulo Dos
¿Quiénes son los ángeles?

Cuando empleamos la palabra "ángel" lo hacemos según una imagen mental determinada por nuestras creencias religiosas y culturales. Para la generalidad de las personas, un ángel es un ser dotado de alas y envuelto en un halo luminoso, casi siempre muy bello, de gran edad y sabiduría, que proviene de un lugar llamado cielo y que en ciertas ocasiones puede aparecer en la tierra.

Algunos creen que los ángeles difieren de los humanos; otros entienden que son seres humanos que han alcanzado una transformación o la perfección después de la vida terrena. Y están los que consideran a los ángeles como ideas de Dios o sencillamente artificios literarios. Puesto que los ángeles parecen existir en otra dimensión o modalidad que difiere de la nuestra, mucho de lo que decimos con referencia a ellos no pasa de ser una especulación apoyada en tradiciones reverenciadas que se sostienen para consagrarse, o ser intuiciones/revelaciones personales.

Los libros sagrados de las principales religiones del mundo nos hablan de ángeles: el judaísmo, el cristianismo, el islamismo y el zoroastrismo, por no mencionar más que algunas de las más difundidas. Muchas otras escrituras religiosas describen seres comparables a aquellos que nuestra sociedad denomina ángeles. Hay religiones y filosofías que creen en la existencia de más de una clase de intermediación espiritual entre los seres humanos y Dios.

Una cosa está bien en claro: los ángeles son mucho más que proyecciones de la mente divina o artilugios literarios. Son seres reales, personales, aun cuando, desde el punto de vista corpóreo, difieran completamente de nosotros. Los recursos literarios y los seres míticos no pueden despertar emociones, tocar la vida de las personas y transformarlas por completo. Las viejas leyendas y antiguos relatos son incapaces de proceder al cambio de neumáticos de un automovilista en apuros para luego desaparecer. Los ángeles son seres, son criaturas tal como lo somos nosotros, pero diferentes.

En mi opinión, la explicación más sencilla para entender qué son los ángeles es la misma que aparece en los textos más antiguos que a ellos se refieren: Los ángeles son otra raza de seres inteligentes, conscientes, distintos de los humanos, mucho más antiguos y poderosos, más sabios y más evolucionados. Creo que los ángeles han sido creados por Dios para servir a la divinidad no sólo mediante la adoración de la que hablan todas las Escrituras, sino para ayudar a formar y conservar nuestro mundo y otros cuerpos celestiales. Los ángeles poseen su propia sociedad y valores, sus jerarquías y sus actividades. Están dotados de conciencia, voluntad y propósitos. Se hallan organizados para alcanzar objetivos y crecer a conciencia. En muchos de esos aspectos no difieren mucho de nosotros: también los humanos nos asociamos por propia voluntad y con un propósito, y crecemos. Pero existe una diferencia fundamental entre unos y otros.

Los ángeles no son una asociación de seres humanos glorificados. No representan el postrer potencial de crecimiento del espíritu humano. Ni un solo ser humano se ha convertido ni se convertirá jamás en ángel, por muy puro, santo o evolucionado que haya podido ser. ¿Acaso un roble puede evolucionar hasta convertirse en jirafa? ¿Puede una mantaña (la cual, por lo que yo sé, podría tener conciencia) llegar a convertirse en ballena si dispusiera de todo el tiempo necesario? Y el oxígeno, ¿evolucionaría hasta llegar a ser un gato? No. En todos y cada uno de estos casos se trata de tipos únicos de la creación, y si bien pueden crecer y cambiar, siempre lo harán de acuerdo con las leyes que gobiernan su especie. Los escritos antiguos son todos bien claros en el sentido de que los ángeles constituyen especies separadas, muy anteriores a la aparición de la raza humana. (Creo firmemente que los seres humanos tienen un destino y un potencial evolutivo mucho más glorioso que el de los ángeles, pero ése es tema de otro libro.) Los ángeles y nosotros nos movemos en andariveles paralelos en cuanto a nuestra evolución se refiere.

En realidad, la idea de que las personas se convierten en ángeles una vez despojados de su envoltura humana es relativamente reciente. Siguiendo el hilo conductor de esta creencia, algunos estudiosos llegan hasta las postrimerías de la Edad Media, en que las grandes plagas barrieron con poblaciones enteras. En aquella época eran particularmente vulnerables los niños y los menores, y para sus doloridos padres resultaba reconfortante pensar que sus bienamados se habían convertido en felices angelitos que ya no necesitaban de su apoyo y que incluso estaban en condiciones de volver alguna vez a la tierra para consolar ellos a sus progenitores. (Incluso datan de aquellos tiempos las primeras obras de arte donde se pinta a los ángeles como niñitos regordetes dotados de alas.)

En la actualidad, la idea de que los ángeles son seres humanos que "han muerto y subido a los cielos" ha quedado perpetuada con más evidencia en las culturas populares de América, e incluso se han hecho películas y canciones en las que se hace referencia a seres que han vuelto a la tierra después de la muerte convertidos en ángeles, algo que por cierto ha servido nada más que para introducir factores de confusión en el tema. Agréguese a esto el hecho de que el término *ángel guardián* se ha convertido en sinónimo de cualquier ser humano particularmente útil para brindar ayuda en los momentos de crisis, y las posibilidades de confusión no harán sino multiplicarse.

Dicho sea de paso, mientras escribía este libro he recibido más de un relato de personas convencidas de que sus seres queridos se habían convertido después de la muerte en algo muy parecido a sus ángeles de la guarda y hasta podrían haber intervenido para salvarlos en situaciones peligrosas. Por mi parte, si bien tengo la plena certeza de que quienes nos amaron durante su paso por este mundo lo siguen haciendo después de morir, no creo que para hacerlo deban convertirse en ángeles. Prefiero pensar que están colaborando con nuestros ángeles guardianes en todas las formas en que Dios se lo permita, pero siempre en su condición de humanos. Después de todo, ¿qué desmedro puede haber para la condición humana pensar que se pueden convertir en ángeles para alcanzar nuestro máximo crecimiento y desarrollo? Según las Escrituras cristianas, el destino de los hombres excede al de los ángeles por un margen indefinible pero sin duda grande. Los seres humanos "juzgarán" a los ángeles, frase que, según la interpretación de algunos, quiere decir que del otro lado de la muerte la sociedad humana es tan maravillosa que llega a ser superior a la de los ángeles. Y en el Islam los ángeles caídos fueron expulsados del paraíso cuando el Señor les ordenó rendir pleitesía a Adán. Iblis se llamaba el que desobedeció y se puso al frente de los descontentos, diciendo que jamás se postrarían ante una criatura fabricada con barro.

Los *ángeles en el cielo*

Esos seres a los que llamamos ángeles han sido tema de especulaciones muy serias durante miles de años. Comparada con las de otros tiempos, la generación de nuestros días dista mucho de interesarse por esos seres y por conocer más acerca de ellos. Cuando hombres y mujeres empezaron a pasar en limpio sus creencias religiosas hace casi cinco mil años, lo que dijeron acerca de cómo se hizo realidad el cosmos, los ángeles —si bien con otros hombres— ya era una realidad aceptada. A nosotros, hombres y mujeres de hoy, nos resultaría muy difícil creer que aquellos seres de la antigüedad sean ángeles, a menos que tengan alas, aureola y actúen como tales.

En los relatos de la creación, que los niños babilonios ya conocían hace cinco mil años, podemos leer que los grandes dioses contaban con una suerte de consejo de seres menores que los ayudaban a llevar sus mensajes, proteger montañas y ciudades, y prestar ayuda a los seres importantes de la tierra. Esos seres de menor importancia, llamados "hijos de los dioses", si bien eran inmortales, no se podían considerar dioses. Sin duda más viejos y poderosos que los seres humanos, llevaban a cabo las misiones celestiales encomendadas, siguiendo la voluntad de los dioses superiores. Las sociedades de la antigüedad adoraban a esos seres que nosotros llamamos ángeles tal como si fueran deidades.

Con el correr de los años, esa consideración más bien primitiva de los ángeles como dioses menores se fue modificando... ¡seguramente con gran alivio de los propios ángeles! Los antiguos judíos, cuyas ideas respecto de los ángeles han contribuido a elaborar las creencias de la mayoría de las gentes de hoy, figuran entre los primeros en advertir realmente que la divinidad no puede parcelarse por el color del cabello o la forma de la nariz, entre tantos dioses y diosas que vivían en constante riña, según la mitología, sino que, todo lo contrario, constituían una unidad indivisible. A esos seres que constituían el "consejo de los dioses", en cambio, los consideraron criaturas al servicio y la obediencia de Dios, que vivían en una dimensión que no era la terrenal, y cuya conexión con la tierra se reducía en gran medida a brindar una opinión sólo cuando les era requerida. En algunos casos se los seguía denominando "hijos de Dios" o también "los sagrados", pero quedaba bien en claro que no se pensaba en ellos como si se tratara de retoños divinos en un sentido más bien biológico de la cuestión.

Y tampoco eran sólo los judíos los que pensaban en esa forma. En la antigua Persia, una religión que se desarrolló hasta adquirir gran importancia consideraba también la existencia de un benévolo ser supremo rodeado de una corte de espíritus menores, que le prestaban consejo y asistencia, con el propósito de que el mundo se conservara y la vida sobre él no se interrumpiera. En tal sistema, Ahura Mazda, el Sabio

Señor, era servido por seres llamados los Amesha Spentas, que de acuerdo con los poderes y funciones que se les asignaban se parecían mucho a esos seres que nosotros hemos dado en llamar arcángeles. La religión de Zoroastro es muy antigua y sigue practicándose en la actualidad, particularmente en determinados lugares de la India e Irán.

De modo que, en cierto sentido, los ángeles de la antigüedad eran vistos como seres incorpóreos que habitaban el reino de Dios o los predios de los dioses, y que además mantenían escasos contactos con el mundo de los humanos.

Los ángeles en la tierra

Sin embargo, corriendo en forma paralela por una pista vecina, se conoce otra idea, virtualmente tan antigua como la anterior, según la cual determinados ángeles visitan la tierra con frecuencia e interactúan con los seres humanos para beneficio de éstos.

Desde los albores de la historia escrita se dice que hombres y mujeres especiales contaron con sus protectores celestiales propios, los que alguna vez incluso llegaron a combatir entre ellos en salvaguarda de sus protegidos. Las naciones contaban con sus dioses guardianes, algunos por cierto muy grandes, en tanto otros no lo eran tanto, tal como ocurría en los tiempos de las aldeas y las ciudades-estado. Había también guardianes menores aún que se encargaban de la protección de pozos y vertientes, del ganado, la pesca o las palmas productoras de dátiles. En resumidas cuentas, todo nuestro concepto de que los seres humanos contamos con abogados y guardianes celestiales es algo tan antiguo, que nadie se atrevería a calcular cuándo pudo haber empezado.

Siempre he pensado, con el gran psicólogo Carl Jung, que algunas de nuestras ideas son tan básicas para nuestra orientación como seres humanos, que forman parte del inconsciente colectivo, como si fueran una memoria de la raza, cosas que hemos conocido y en las que hemos creído durante tanto tiempo, que se han instalado en nuestras células cerebrales desde su nacimiento, una especie de lectura orgánica. Esos recuerdos instintivos incluyen la creencia universal de que los animales y las plantas son seres vivientes, miembros de una categoría de existencia que difiere del mundo inanimado.

¿Hay distintas clases de ángeles?

Algo que no ha terminado de resolverse es si existen especies o razas distintas de ángeles, o si todos ellos son iguales "bajo la piel" pero con diferentes funciones o deberes que cumplir. ¿Son los ángeles fundamentalmente distintos de los arcángeles, como en el caso del hombre y el gorila, o sería más adecuado describir a los ángeles como los "miembros ordinarios" y a los arcángeles como el "sector gerencial", pero dentro de la misma especie? No lo sabemos. Por cada persona que ha tenido una visión o afirma haber tenido alguna revelación en un sentido determinado, siempre hay otra que expresa lo contrario. (En el Capítulo Tres se tratará en mayor profundidad el tema de las órdenes de los ángeles y sus funciones.)

También se encuentra abierta a la discusión la cuestión que se refiere al género de los ángeles. Cuando los ángeles aparecen ante nosotros, por lo general sugieren lo masculino y lo femenino. Pero es probable que lo hagan para darnos puntos de referencia con los que nos hallamos familiarizados. Hay también muchas personas alcanzadas por la presencia de los ángeles que afirman que no parecían una cosa ni la otra, y quienes conocen a sus ángeles de corazón a corazón más bien que cara a cara, en general carecen de un sentido respecto del género que corresponde a los ángeles.

Un sentimiento así, no obstante, bien podría provenir de la posibilidad de que los géneros angelicales sean completamente distintos de los dos que nosotros conocemos en la tierra, y tanto como para que no podamos reconocer los conceptos sabidos al verlos en los ángeles. Algunos filósofos han discutido la posibilidad de que cada ángel sea de un género separado, que cuenta con una orientación espiritual y física de la vida.

Por mi parte, creo que los ángeles tienen un género, o mejor dicho que hay géneros angélicos que, además de incluir los dos que conocemos, se extienden a otros más que no imaginamos. Creo que todo cuanto existe tiene un género, de la misma manera en que el pensamiento oriental ve todo lo que existe en el cosmos en términos de yin o yang, una orientación básica dirigida a la existencia. El inglés es uno de los idiomas que no clasifican gramaticalmente al sustantivo como masculino o femenino (o neutro o dual). Esto hace difícil para quienes se expresan en inglés advertir en qué forma el concepto de género forma parte del universo. Casi todas las lenguas —hebreo, sánscrito, francés, español, ruso, alemán, árabe— asignan un género a todos los sustantivos, incluyendo aquellos que designan cosas inanimadas, y las hay que incluso aplican un género a los verbos, con lo que determinadas acciones son masculinas y otras son femeninas.

En la trilogía del espacio de C. S. Lewis es posible encontrar una de las discusiones más interesantes respecto del género que ha de asignarse a los ángeles. El segundo volumen de esta obra, *Perelandra,* ofrece en forma de ficción una vasta gama de especulaciones intuitivas acerca del género de los ángeles.

¿Qué aspecto tienen los ángeles?

La verdad es que ignoramos cuál es el aspecto de los ángeles. Todo cuanto podemos saber es cómo nos han parecido a nosotros.

Podría suponerse sorprendente, pero es absolu-

tamente cierto. Todo ser humano que haya tenido
algún encuentro angélico ha visto u observado algo
distinto de lo que pudo haber causado impresión a
otro en iguales circunstancias. Nada hay que pueda
considerarse del todo consistente, ningún aspecto
que haya correspondido por igual a todos los encuentros
angélicos de los que se tiene noticia. De todos modos,
lo que podemos ver con nuestros ojos humanos no
es sino un don de los propios ángeles, una aproximación,
una traducción de una realidad a otra. Y según reza
el proverbio italiano, *Traduttore, traditore*, en cada
traductor hay un traidor. Se trata, pues, de algo
inevitable: cada uno de esos ángeles que hemos
visto, oído o sentido no son sino una traducción del
original.

Sin embargo, aun cuando no podamos darlo
todo por cierto, no deja de haber más de un indicio
tentador, sugestivas similaridades, y si observamos
con detenimiento todas las experiencias vividas, podemos
extraer más de una interesante conclusión acerca
del "aspecto" que supuestamente los ángeles podrían
presentar.

¿Otros ojos para ver a los ángeles?

¿Cómo es en realidad el cuerpo de los ángeles?
¿Tienen un cuerpo, dicho sea de paso? ¿Son organismos
físicos? ¿Dependen del aire y la luz, de alimentos
de alguna clase? ¿Pueden ver y oír, tocar y degustar?

Aquí hemos de establecer una distinción entre la forma en que los ángeles se presentan unos a otros en la dimensión en que existen normalmente, esa dimensión a la que los humanos denominamos genéricamente cielo, y con qué aspecto se presentan ante nosotros cuando se nos permite verlos. Puesto que carecemos de "ojos" de ángeles, no nos es posible decir cómo son unos ángeles a los ojos de otros ángeles. Como resultado de los experimentos científicos podemos elaborar modelos más o menos aproximados del aspecto que el mundo puede tener para una abeja, un gato o una libélula, pero no podemos hacer lo mismo con los ángeles. Por una sencilla razón: no podemos examinarlos al microscopio.

Según el consenso generalizado entre los eruditos en la materia, los ángeles carecen de un cuerpo que pueda compararse a la idea formal que tenemos de los cuerpos en la tierra. Todo cuanto existe en la tierra, desde los seres humanos hasta la más enorme de las secoyas, sin olvidarnos de las nubes que vemos en el aire, tienen un cuerpo cuya forma les ha sido dictada en razón de que todo ello existe sobre un tipo de planeta particular, dotado de una determinada gravedad, con diversos climas y calidades de tierra. Y se registran así amplias diferencias, incluso dentro de cada especie, debido a que han tenido que sobrevivir en partes del planeta muy distintas entre sí. Cuando vivía en Arizona solía ver con frecuencia, saltando entre las matas, grandes ejemplares de la llamada liebre gigante americana, con sus desmesuradas orejas siempre apuntando a lo alto. Después me explicaron que esos animalitos desarrollaban orejas tan grandes por la sencilla razón de que esa superficie aumentada con respecto a la de otras liebres les permitían eliminar el enorme calor que se soporta en esa región. Las liebres de la nieve, en cambio, habitantes del Ártico, tienen unas orejitas muy pequeñas, para no desperdiciar el calor. Si nosotros hubiésemos evolucionado en el planeta Marte, pongamos por caso, nuestros cuerpos tendrían que ser más altos o más delgados, y es posible que hasta contáramos con grandes orejas para poder captar las ondas sonoras en el aire muy tenue. Si nuestra suerte hubiese querido que naciéramos en Júpiter, un planeta cuya gravedad es inmensa, es muy probable que debiéramos andar como aplastados contra el suelo en lugar de mantener posiciones erectas. De modo que, incluso en el universo físico, comprendemos que todas las criaturas no somos sino el producto físico del medio, del ámbito en que nos ha tocado vivir.

Ahora bien, ¿cuál es el ámbito natural para los ángeles? La mayoría de los estudiosos del tema considera que los ángeles no viven en el mismo universo físico que nosotros. Pueden llamarlo sencillamente cielo, o universo paralelo, o lo que sea; pero, sea como fuere, los ángeles tienen que atravesar una especie de puerta, sea ella física o mental, para darse a conocer a nosotros. Constituye un excelente ejemplo aquella escalera que se menciona en la visión que tuvo Jacob, que conducía al cielo y de la que se servían los ángeles para descender hasta nosotros. Escribe San Juan en Apocalipsis 4: "...miré y he aquí que vi una puerta abierta al cielo", tras de lo cual cayó en éxtasis ante la vista de Dios y los ángeles. Esta visión del cosmos nos dice en general que los ángeles son seres de puro espíritu y carecen en absoluto de cuerpos físicos. No tienen rostro, ni manos, alas o auras, por la sencilla razón de que no tienen un cuerpo para sustentar todo eso. Son puro espíritu, tal como lo es Dios, sin absolutamente nada de corpóreo.

Pero existe también otra teoría que está ganando terreno en nuestros días: los ángeles en realidad habitan el mismo universo físico que nosotros, pero sus cuerpos, cualquiera pueda ser su aspecto, son algo que sencillamente nos resulta imposible ver. Semejante concepto desde luego no podía haber sido posible en otros tiempos. Hasta no hace mucho, la existencia de cuerpos físicos que nos resulte imposible ver con nuestros ojos habría sido considerado una herejía en muchos lugares del mundo. En aquellos tiempos en que la peste, el tifus y tantas otras epidemias azotaron al mundo y barrieron con poblaciones enteras, a nadie se le podía haber ocurrido que los causantes de todo ese desastre eran millones de seres microscópicos, invisibles al ojo humano sin ayuda de artefactos aún no inventados. Nadie sospechaba que toda la materia existente estaba formada por pedacitos de pequeñez infinitesimal llamados átomos, hechos de materia, y menos aún que los tales átomos estaban hechos de otros pedacitos incluso menores. Todavía hoy la ciencia moderna sigue descubriendo nuevas y más pequeñas partículas subatómicas.

En mi opinión, la posibilidad que se me antoja como más viable es que los ángeles sean también parte de nuestro cosmos, pero invisibles en razón de que sus cuerpos difieren de los nuestros. ¿Por qué habríamos de suponer que constituimos la especie definitiva sobre la tierra? ¿Por qué no tendríamos que compartir esta parte del universo con otros seres inteligentes? Estamos de acuerdo en que hay formas de vida invisibles a nuestros ojos; entonces, ¿por qué no podrían ser los ángeles otra forma de vida de esa naturaleza, muchísimo más viejos, más sabios, con más capacidad de amar?

¿Cuerpos celestiales?

¿Pero qué podemos seguir especulando con algún provecho acerca de la forma angélica? He aquí algunas de las teorías más difundidas con respecto a cómo debe ser el cuerpo de los ángeles y por qué no lo podemos ver.

En las series televisivas y las películas de ciencia ficción son muy populares en nuestros días ciertos personajes llamados en forma genérica "transformista", seres constituidos esencialmente por energía, que varían de forma y tamaño a voluntad y capaces de transformarse en cualquier cosa que se les ocurra. Sabemos que los ángeles pueden, y de hecho realizan, esa clase de transformaciones, presentándose como seres humanos o animales diversos, de apariencia más o menos alejada de la nuestra. Es posible que los cuerpos angélicos sean así: hechos de una clase de energía muy fluida que nuestros sensores, radares y otros artefactos para escudriñar lo que no vemos a ojo desnudo, hasta ahora no han podido identificar.

O quizá los ángeles dispongan de alguna clase de cuerpo físico, pero dotados de un movimiento tal que se nos escapen a la vista. Recuerdo un viejo episodio de la serie de ciencia ficción *Star Trek,* en la cual los tripulantes del *Enterprise* llegaban a un planeta desconocido y no podían comunicarse con sus habitantes porque esas criaturas se desplazaban a una velocidad tal que los humanos no podían captarlos. (Si no estoy bien concentrada, mis gatos son capaces de correr ante mis ojos a tal velocidad que parecerían estar a bordo de una Indian 500.) Supongamos ahora que los ángeles pueden moverse con la velocidad de la luz, puesto que son seres de luz y servidores de la Luz. Un concepto semejante se remonta casi a los tiempos bíblicos, y ya cuenta Daniel en 9:21 que el arcángel Gabriel se le aproximó "en rápido vuelo a la hora del sacrificio vespertino". También en el Libro de Daniel, en 14:33, el profeta Habacuc es transportado desde Judea a Babilonia por un ángel que lo lleva "con la velocidad del viento". Y el Salmo 104 registra: "Al igual que los vientos, tus ángeles te preceden".

O supongamos que los ángeles cuentan con cuerpos físicos, pero nuestros ojos carecen de la sensibilidad necesaria para verlos. Todos sabemos que el ojo humano está hecho para captar un ancho espectro de luz entre la zona ultravioleta y la infrarroja; también es sabido que algunos insectos y otros animales pueden ver regiones ultravioletas o infrarrojas que nos están vedadas. Porciones centrales de algunas flores muestran una determinada fluorescencia cuando se las somete a la luz de una lámpara ultravioleta. Las abejas pueden ver ese color especial y, sin ayuda de la lámpara, van directamente allí en busca del néctar, en tanto a nosotros nos parece que esas flores tienen los mismos colores que otras que los insectos desechan. De modo que también sería posible que los ángeles existieran dentro de una gama del espectro que nuestra vista no puede percibir.

Como resultado de ello, es asimismo posible que se comuniquen con nosotros a través de un medio que nos resulte inaudible. Por ejemplo, en este preciso instante, sin importar dónde nos encontremos, las ondas de radio están invadiendo nuestros oídos. Las mismas corrientes nos atraviesan el cuerpo, titilan en el cerebro, causan molestias al organismo. ¿Puede alguien oír esa música? No, por la sencilla razón de que nuestro cuerpo carece del intérprete necesario, del decodificador. Pero basta encender la radio y girar el dial para que cientos o miles de ondas con música, palabras, noticias, discursos o lo que sea, salten para ponerse a disposición de nuestros oídos. Sin embargo, jamás nos hemos detenido a pensar que todas esas ondas que surgen cuando ponemos en marcha la radio ya estaban dando vueltas a nuestro alrededor y seguirán estándolo cuando la apaguemos.

Tal vez los cuerpos de los ángeles sean completamente transparentes. Ya pueblan nuestro planeta criaturas de cuerpo parcial o totalmente transparente. Y conocemos sustancias también transparentes, como el cristal, la mica, el cristal de cuarzo, por no mencionar las gotas de lluvia, el viento, el aire. Nos bastaría con suponer que los cuerpos de los ángeles también lo son, que no reflejan luz alguna y en consecuencia resultan invisibles a nuestros ojos.

Tal vez esos seres sean más tenues que nosotros. Nuestros cuerpos son densos, pesan. Supongamos que los ángeles están hechos de una sustancia ligera y difusa. Por ejemplo, observemos un tapiz que muestra, vamos a suponer, una escena mitológica con la presencia de un unicornio. Pero luego supongamos que ese tapiz, en lugar de un par de metros cuadrados, tiene una superficie de miles de kilómetros, o que el trabajo no ha variado de tamaño pero nosotros hemos quedado reducidos a seres de unos pocos centímetros de altura. ¿Qué clase de dibujo veríamos en cualquiera de esos casos? ¿Podríamos incluso reconocer el tapiz? Desde luego que no. Podríamos tocar una hebra, un hilo, que nos parecerían gruesos cables de acero de un puente colgante. De manera que, tomando en cuenta ese ejemplo, es posible que nuestra visión tenga tantas limitaciones que no pueda ver el diseño angélico.

Según mi sospecha personal, el principal motivo por el que no podemos saber cuál es el aspecto de los ángeles es que nuestra visión interior es demasiado limitada. Jesús ha dicho: "¡Mirad! El Reino de Dios está a vuestro alrededor, está entre vosotros". He considerado siempre que con ello quería significar que, si bien nuestros sentidos humanos, tanto físicos como espirituales, carecen de la suficiente sensibilidad como para ver a Dios y a sus angélicos servidores, o bien a quienes amamos y se fueron antes que nosotros, eso que denominamos tierra y cielo están mucho menos separados de lo que creemos. Si nuestra vida fuese completamente pura y llena de luz y amor, caerían todas las barreras entre la dimensión en que vivimos a la que ocupan los ángeles. Los veríamos en forma constante. Veríamos desprovisto de velos el rostro de Dios, y ese rostro nos consumiría y transformaría por completo, tanto a nosotros como a todo lo que nos rodea. ¡Si solamente pudiéramos "mirar"!

Desde luego, ninguno de nosotros se puede considerar tan perfecto. Pero a lo largo de la historia de la raza humana muchos hombres y mujeres han alcanzado esa clase de iluminación y entendimiento que les ha permitido una que otra vez caminar al lado de los ángeles. Y hay también otros cuya inocencia es tan grande como para poder caminar junto a ellos.

Por lo tanto hemos de admitir que, cualesquiera sean los atributos físicos que puedan tener los ángeles dentro de su correspondiente dimensión, normalmente no estamos en condiciones de verlos y abarcarlos. Y cada vez que tropezamos con ellos, sea porque nos visitan en nuestra dimensión o porque Dios nos arrebata unos instantes para introducirnos en la de los ángeles, los sentidos con que contamos no son los adecuados para describir con absoluta precisión y exactitud lo que hemos visto. Esto nos lleva a formular la pregunta obligada: ¿cómo se nos aparecen los ángeles y por qué adoptan determinada forma?

¿Por qué tienen alas los ángeles?

No las tienen... En realidad no las tienen.

Hemos pintado siempre a los ángeles como seres etéreos de aspecto semejante al humano por la sencilla razón de que desconocemos otra forma de hacerlo. Nos encontramos acotados por el mundo que nos rodea y por nuestra incapacidad para traducir al lenguaje humano esos hechos sobrenaturales que con frecuencia solemos experimentar. En los escritos judeo-cristianos, la mayoría de los libros que con más peso hablan de ángeles —Daniel y el Apocalipsis sobre todo— son aquéllos en los cuales el autor refiere contenidos de sueños y visiones, terrenos que tornan inútiles las palabras de uso diario para describir cosas que no forman parte de nuestra dimensión.

Quienes han sido tocados por los ángeles se ven en la obligación de hablar con metáforas o sencillamente no decir nada. Pero hasta la mejor de las metáforas humanas resulta groseramente inadecuada para cumplir ese trabajo.

Las alas de los ángeles son ni más ni menos que la quintaesencia de cuán pobre es nuestro lenguaje y constituyen la gran prueba de la magra terminología de que hasta el más elocuente de los oradores dispone para describir esas visiones.

Sea cual fuere su apariencia física, los ángeles no tienen cuerpos más pesados que el aire. No tienen que desplazarse volando como un pajarito para dirigirse de un punto a otro. Si consideramos su poder inherente, pueden estar donde lo deseen en un momento determinado, o por lo menos eso venimos pensando los humanos desde hace miles de años. En consecuencia, la idea de alas semejantes a las de los pájaros como aditamento de los ángeles sencillamente escapa a toda realidad.

Por cierto que las primeras representaciones o descripciones literarias que se han hecho de los ángeles no los muestran con alas. Si se recuerda el relato bíblico de Jacob, aquellos ángeles que en su visión subían y bajaban por la escala que llevaba al cielo, obviamente se servían de ese artefacto por no tener alas. Los ángeles que se presentaron ante Abraham tampoco las tenían. En realidad, cuando se revisan los escritos de la literatura judeo-cristiana se concluye que las únicas criaturas angélicas que se presentan con alas son los querubines y los serafines y, como ha de saber la mayoría, el modelo artesanal que guió a los hebreos para representar a los querubines se inspiró en el keribbu babilónico, deidad protectora en parte humana y en parte pájaro. Los serafines que se describen en el Capítulo 6 de Isaías tienen alas (y no sólo dos, sino media docena). Estamos acostumbrados a ver cuadros que muestran un cielo con multitud de ángeles que vuelan merced a sus alas, entonando himnos ante los pastores reunidos en el nacimiento de Jesús. Pero no hay la menor referencia a tal suceso en los Evangelios de San Lucas y San Mateo. Los Evangelios, desde luego, hablan del ángel de la Anunciación y de multitudes de ángeles entonando himnos de alegría, pero sin la menor referencia a sus alas. Es posible que los ángeles hayan estado reunidos en torno de los pastores, formando un gran círculo alrededor del rebaño para danzar y cantar. A decir verdad, lo ignoramos; pero aun suponiendo que hubiesen elegido danzar y cantar en el aire, lo hicieron sin necesidad de tener alas.

Otros seres parecidos a los ángeles de los que hablan muchas religiones del Medio Oriente de la antigüedad tampoco tienen alas.

Entonces, ¿por qué razón la mayoría de los artistas terminaron pintando ángeles alados? A decir verdad, los autores de obras de arte, específicamente el arte cristiano, no pintaron ángeles hasta bastante después del año 787. En esa fecha el Concilio de Nicea, uno de los grandes concilios de la Iglesia,

decretó que era legal pintar imágenes de ángeles y
santos como obras de arte. Aquello bastó para de-
sencadenar toda una explosión de pinturas, esculturas
e ilustraciones, un estallido artístico que se extendió
a lo largo de los cinco siglos que siguieron. Pero
ocurrió que aquellos artistas, puestos por primera
vez ante el compromiso de tener que pintar o esculpir
ángeles sin contar con los modelos correspondientes,
acudieron a los antiguos relatos. La Biblia les hablaba
de ángeles bastante parecidos a los humanos; la
teología de su época decía que los ángeles no tenían
sexo, puesto que estaban hechos de espíritu y poseían
el don de la ubicuidad.

En definitiva, los artistas recurrieron a los únicos
modelos que conocían: los del clasicismo griego y
romano, que solía mostrar a Mercurio (o Hermes),
el mensajero de los dioses, con alas, unas alitas
pequeñas que le salían de las sandalias o surgían
del casco. Había también otras criaturas aladas, tales
como la diosa Niké, el símbolo de la victoria, y el
atractivo Eros, el pícaro diosecillo del amor siempre
dispuesto a lanzar sus flechas. Todas aquellas imágenes
aladas fueron a parar a la imaginación de los artistas
puestos a representar ángeles. Y en cuanto al retrato
de las alas se refiere, aquellos artistas medievales
debieron recurrir al único modelo que se les ofrecía:
las aves, y en especial las consideradas maravillosas
o admirables, como el cisne o el águila.

Se puede argüir que muchos han tenido encuentros
con ángeles alados. Es verdad que cuando los seres

humanos de nuestros días pueden ver ángeles, con frecuencia los describen dotados de esos aditamentos. Puesto que los ángeles no son seres alados, ¿quiere decir que todas esas personas han imaginado esos encuentros? De ningún modo. Siempre que un ángel se nos da a conocer, habremos de verlo como una aparición, una aproximación de lo que ese ángel es en realidad. A decir verdad, el ángel se nos aparecerá en cualquier forma que considere como la más apropiada para llamar nuestra atención, para que se escuche su mensaje y se actúe de acuerdo con él. Si un ángel considera que le prestaremos más atención si se nos aparece de acuerdo con los modelos que estamos acostumbrados a ver en las representaciones artísticas, no tendrá inconveniente en recurrir a ese modelo. Conviene tener en cuenta que, mucho antes de que los ángeles se nos aparecieran con alas, ya eran lo suficientemente asombrosos como para que casi siempre se vieran en la obligación de decirnos que no tuviéramos miedo.

Este tipo de visita bajo una forma que se ajusta a lo que esperábamos ver y no como es en realidad, constituye algo bastante común. El mejor ejemplo que se nos ocurre es del propio Jesús. Muchísima gente, durante siglos y siglos, ha insistido en que Jesús se les apareció alguna vez y les fue dado ver las heridas en sus pies y la dejada por la lanza en su costado, así como las huellas de los clavos en las palmas de sus manos. Pero la moderna arqueología nos ha enseñado que los romanos procedían a crucificar

clavando a la víctima por las muñecas, un punto de
encuentro de huesos que hace más difícil arrancar
los clavos. De modo que durante siglos la representación artística de la crucifixión ha sido incorrecta,
al menos desde el punto de vista histórico. ¿Eran
histéricos todos aquellos visionarios?

Una vez más, la respuesta es no. Por cierto que
una célebre mística del Medioevo, Santa Brígida,
tuvo una visión así de Jesús; más tarde, mientras
meditaba sobre el significado que la aparición tenía
para ella, vio a la Virgen María, quien le dijo que
Jesús tenía el mismo aspecto con que se presentó
ante ella por la sencilla razón de que eso era lo que
sus ojos esperaban ver. "Las manos de mi Hijo
estaban sujetas con más firmeza", le dijo, expresando
con esas palabras ni más ni menos que una verdad
que la arqueología vendría a descubrir siglos más
tarde. Una experiencia comparable, ya en pleno siglo
XX, ha tenido Teresa Neumann, mujer muy religiosa
que suele cubrirse de estigmas.

Podría indicar asimismo que, cuando los ángeles
adoptan una apariencia humana para ayudarnos o
para traernos un mensaje, jamás se presentan con
alas. En realidad, virtualmente no hay nada que
pueda distinguirlos de cualquier mortal.

El halo, todos

¿Es verdad que los ángeles tienen halo, esos dorados círculos de luz en torno de la cabeza?

La respuesta, en este caso, es rotundamente afirmativa, y podemos decir que se trata de algo más que aureolas de luz. Cuando esos seres se nos aparecen, se ven plenos de una luz que los inunda y da color a nuestro mundo, e incluso me parece que, en los encuentros que se producen de corazón a corazón, su luz llega a la totalidad de nuestro espíritu.

He tenido ocasión de leer cientos y cientos de encuentros personales de humanos con ángeles. En la mayoría de los casos, siempre que los ángeles no han adoptado deliberadamente una plena apariencia humana, se los ha visto bañados por una luz que nadie ha podido describir con propiedad. Todos han recurrido a símiles y metáforas, y con mayor o menor aproximación trataron de transmitir cómo era esa luz.

✪ "Parecía de un blanco brillante, pero más brillante que cualquier otro blanco que yo haya visto jamás."

✪ "Era como iridiscente, como la madreperla, pero al mismo tiempo transparente."

✪ "Eran unos colores que jamás he visto en la tierra y que no creo que vuelva a ver."

✪ "Si un diamente estuviera hecho de plata y la

luz del sol y de la luna brillaran desde atrás..."

✪ "Era una especie de rosa dorado que iba
esfumándose por los bordes hasta convertirse
en una especie de blanco plateado con un resplandor muy tenue."

✪ "Si la luz del sol fuera azul y rutilante... pero
en realidad fuera una noche de luna llena, así es
como sería."

Éstas son algunas descripciones hechas por personas con las que he tenido ocasión de hablar y que
pudieron ver el aura angelical. Lejos de ser un pequeño
halo en torno de la cabeza, aquella luz ajena a lo
terrenal resplandecía desde el interior y rodeaba de
gloria a todo aquel ser. Algunas personas dijeron
que al principio les resultó imposible mirar al ángel
directamente a los ojos, hasta que terminaron por
acostumbrarse a esa luz.

Pero este fenómeno no queda reducido a los
tiempos modernos. Podemos encontrarlo en textos
antiguos tales como el de Enoch y en los escritos
judeo-cristianos.

✪ "Su cuerpo brillaba como la crisolita; su rostro
parecía un relámpago; sus ojos eran como an-
torchas de fuego..." (Daniel 10:6)

✪ "Su aspecto (el del ángel) era como el de un
relámpago y sus vestiduras, blancas como la
nieve." (Mateo 28:3)

✪ "...me encontraba orando, alrededor de las tres

de la tarde, cuando se me apareció un hombre con vestiduras resplandecientes." (Hechos 10:30)

En cuanto a los artistas, se han inclinado a reducir el halo a una mera aureola en torno de la cabeza o el rostro por diversas razones:

1) La iconografía cristiana ha creado distintas clases de halos para Cristo, la Virgen, los santos y los ángeles. En algunos períodos resultaba preferible utilizar la imaginería convencional en lugar de proceder al desarrollo de nuevas representaciones.

2) Cuando muchos personajes se superponen, un aura múltiple puede hacer confusos los detalles de la pintura, de modo que el halo se redujo.

3) El oro, que se utilizaba con frecuencia para representar el halo, era muy caro, de modo que, al reducir su tamaño se reducía también el costo.

4) Dada su condición de criaturas del pensamiento, se reverenciaba a los ángeles por su inteligencia y sus hazañas intelectuales; en consecuencia, la cabeza, que según entendemos los humanos es la sede de tales funciones, tenía que destacarse.

Por supuesto, las excepciones son muchas, en particular desde el momento en que el arte se liberó de la necesidad de contar con la aprobación de las autoridades eclesiásticas. Los artistas modernos que también experimentaron contactos con ángeles retratan a esos mensajeros celestiales en forma muy distinta de sus predecesores de siglos pasados, reflejando la fuerza, la fluidez, el sentido de finalidad y el amor que demuestran los ángeles. Sin embargo, en lo que al aura o halo se refiere, el arte, aunque pobremente, sí ha logrado capturar la divina luz que colma a esos seres que vienen para impresionar nuestras vidas con el amor de Dios. En suma, para tocarnos.

Unidad en la diversidad

¿Qué es lo que podemos extrapolar acerca del aspecto de los ángeles, en base a lo que nos han informado los miles de personas que tuvieron encuentros con ellos?

Las apariciones angélicas recorren una vastísima gama que se extiende desde seres que se presentan exactamente iguales a nosotros los humanos, hasta criaturas que rozan los bordes de la invisibilidad. Tal como he dicho ya, adoptan cualquier forma que les permita cumplir con lo que se proponen.

Cuando los ángeles se aparecen como seres humanos lo hacen con el propósito de actuar bajo un disfraz. Por tal razón, nunca podemos decir, en un momento determinado, que esa persona con la que hemos estado era un ángel. Vienen como si fueran seres humanos a fin de que no los reconozcamos. Sólo con posterioridad llegamos a formularnos la pregunta: ¿era un ángel esa persona? Y no nos hacemos esa pregunta por algo que hayamos advertido en la ocasión, sino en razón de que algo que dijeron o hicieron en el momento, o algo que causaron o previnieron, y con mucha frecuencia debido a que, no bien hicieron lo suyo, sencillamente desaparecieron o se desvanecieron en el aire.[*]

Con la misma frecuencia, los ángeles se nos aparecen bajo una forma apenas por debajo de la que consideramos plenamente humana. Cuando era niña pude ver parte de una criatura humana que se me presentó inundada de luminosidad. Cuando un ángel reviste sólo parte de la apariencia humana se debe a que no hace falta llegar a la ficción del ser humano total. Y por alguna razón quizá sea esencial que se considere especialmente importante destacar el carácter sobrenatural del acontecimiento. ¿Podía yo creer, a la edad de cinco años (cuando tanto miedo les tenía a los ladrones y los duendes), lo que me dijera una persona desconocida? Estoy segura de que me habría asustado más todavía.

Hay personas que cuentan haber visto a su ángel de la guarda, pero lo que han visto en realidad no era sino la luz o el aura angelical; dentro de toda esa luminosidad, apenas si alcanzaron a distinguir lo que pudo haberles parecido una forma concreta. Esto también es algo que sucede con alguna frecuencia. Cuando se producen encuentros de esta naturaleza en forma habitual, se debe a que la persona que tiene el encuentro está acostumbrada a esa clase de sucesos o bien cuenta con una cualidad especial para las visiones interiores que hace innecesario

---

[*] El ángel que desaparece es un tema recurrente en los encuentros angélicos.

que el encuentro se produzca con un ser de apariencia más o menos humana.

Ocurre asimismo que la persona que relata su caso ha oído la palabra de su ángel o ha experimentado la sensación de haber sido tocada, pero sin poder distinguir a nadie. Es lo que me sucedió a mí cuando era estudiante del secundario, y si bien aquel encuentro fue muy breve, desde el primer momento reconocí la labor de Enniss, mi ángel guardián. Tengo la sospecha de que esos encuentros en los que prácticamente no se produce nada físico tienen por finalidad llamar la atención de la persona para anticiparle futuros encuentros, o bien están destinados a personas que no necesitan de las experiencias físicas promovidas por ángeles.

Existe un tipo especial de encuentros angélicos que se registra durante alguna experiencia en momentos previos a la muerte. Andy Lakey, cuyo caso se relata en forma detallada en el Capítulo Diez, fue protagonista de uno de esos encuentros. Además del hecho de haberse producido en el "corredor" que conduce desde nuestra dimensión terrena a la celestial, la aparición no difirió mucho de las visiones más etéreas que la gente ve en este plano. Creo que esto se debe a que alguien próximo a morir sigue percibiendo merced a los sentidos que ha tenido siempre. Todavía no se ha desprendido de su cuerpo; alguna parte de su ser físico lo sigue acompañando cuando viaja temporariamente hasta los límites del gran Reino.

Los idiomas de los ángeles

¿Cómo hablan los ángeles? ¿Qué lenguaje emplean? ¿O recurren a idiomas que nosotros entendemos?

Lo esencial en los ángeles que se aproximan a nosotros es su capacidad de comunicarse a la perfección, a fin de hacer llegar su mensaje a las personas que deben recibirlos en forma clara y sin ambigüedades. ¿Cómo lo hacen?

En base a las experiencias de muchos que han sido tocados por los ángeles, surge sin ninguna duda que ellos se comunican espiritual o telepáticamente: mentes que se dirigen a otras mentes, sin necesidad de la intermediación de la voz. Me consta que en 1979, cuando mis ángeles comenzaron a comunicarme los conceptos luego vertidos en *El programa piloto,* prácticamente todas nuestras conversaciones distaron mucho de ser por vía oral. He sabido de muchas personas que recibieron importantes mensajes de sus ángeles, sin haberlos visto hablar.

Los ángeles, al ser criaturas de un amplio intelecto conocen todos los idiomas que hablamos los humanos, pero ¿cómo se entienden entre ellos? Diversos libros místicos, en su mayoría provenientes de influencias judeo-cristianas (como *El libro del ángel Raziel*) pretenden contener todos los alfabetos angélicos. (Algunos se reproducen en *Un diccionario de ángeles,* de Gustav Davidson.) Pero de seguro deberían considerarse nada más que como los artificios mágicomísticos que en realidad son.

Dice San Pablo en I Corintios 13:1: "Si yo hablase lenguas humanas y angélicas, y no tuviese caridad, sería como metal que resuena o como címbalo que retañe". Resulta claro que él creía que los ángeles tienen su propio lenguaje, y que hasta los humanos, inspirados por la divinidad, podrían hablar con ellos.

Pero me parece que Pablo se impregnaba de un poco de poesía. El sentido común nos dice que los ángeles no tienen un cuerpo como el nuestro ni dependen de un mundo como el que habitamos. No necesitan respirar, y no tienen labios, laringe ni lengua para hablar. Cualquiera sea su medio de comunicación, no puede ser un lenguaje como el nuestro.

Pero cuando nos tocan con su presencia saben comunicarse a la perfección.

Capítulo Tres
¿Qué hacen los ángeles?

Aunque sólo conocemos unos pocos y tentadores aspectos del tema, resulta evidente que esos ángeles que llegan y nos tocan forman parte de una sociedad altamente disciplinada. No son solitarios pobladores de sus nubes, carentes de significación y objetivos, sino seres sociales, con propósitos, responsabilidades, deberes, y conocedores de la necesidad de cooperar entre ellos y trabajar todos juntos.

Éste es un aspecto de la vida de los ángeles que muy poco se nos ha permitido observar. Si bien podemos entrar en contacto con nuestro o nuestros ángeles, lo más común es que los contactos sean uno a uno. No obstante han existido suficientes pensadores y visionarios que con el corazón o la mirada han podido perforar esa barrera que separa al mundo angelical del humano, como para que, gracias a ellos, podamos enterarnos de lo que realmente hacen los ángeles y en qué forma se encuentran organizados.

La sociedad de los ángeles

"El Señor es un Dios de orden, no de confusión", dicen las Escrituras cristianas. Y es verdad. En todo lo que nos rodea podemos ver los frutos del orden divino. La materia se encuentra organizada en partículas, que a su vez constituyen átomos y éstos forman los cuerpos, de tal modo que cada cuerpo actúa de acuerdo con las leyes naturales establecidas en esos átomos. Los gatos tienen siempre aspecto de gatos, tienen uñas afiladas y comen carne. El asfalto es negro y no se alimenta de nada; sólo se mueve al fundirse bajo los rigores del calor estival. Nada de esto se debe a la casualidad.

Incluso antes de que se comprendiera la estructura de la materia, la humanidad se dio cuenta de que parte de la misión divina es ordenar las cosas. En las primeras líneas del Génesis se dice: "Y la tierra estaba desordenada y vacía, y las tinieblas estaban sobre la faz del abismo". ¿Y qué es lo que sucedió entonces? El Espíritu de Dios (traducible también como "viento poderoso" o incluso como "soplo divino") va dando vida al mundo y una por una todas las formas se van separando del caos y adquiriendo su esencia, su estructura y su finalidad: la luz, la oscuridad, los cuerpos celestes, los rasgos característicos de la tierra y sus criaturas.

Y el relato bíblico de la creación no está solo. A lo largo del mundo antiguo prevalece la idea de que lo divino extrae el orden del caos porque detesta todo cuanto sea confuso. El mismo proceso se describe en el relato babilónico denominado *Enuma Elish*. Las historias egipcias nos hablan de dioses que dejan establecidas las márgenes del Nilo, las palmas que dan dátiles y el conjunto social de toda la humanidad. China, el Japón, los aborígenes americanos y los de la Polinesia, todos poseen relatos acerca de la creación, en los cuales lo divino pone en orden lo mundano.

Así fuera por esta única razón, cuando no por otras que pudieran existir, hemos de llegar a la conclusión de que la sociedad angélica constituye un conjunto ordenado, donde trabaja un inmenso número de seres y todos cooperan para un mismo fin. No podría ser de otro modo. Empresas realizadas en comunidad, como la adoración de Dios, o esfuerzos más societarios como "la guerra de los cielos", cuando los ángeles combatieron juntos para expulsar a los "caídos", nunca podrían haber sido posibles de no existir el orden de cooperación.

En distintos momentos de la historia de la humanidad se permitió a unos pocos visionarios tener por lo menos un atisbo de la sociedad angélica, y todos han declarado haber sido testigos del orden perfecto y la consiguiente armonía existente en la sociedad de los ángeles. Casi todos ellos han debido recurrir a metáforas y a un lenguaje más o menos críptico para describir sus visiones, en razón de que la organización social de los ángeles no se parece a la nuestra, pero todos concuerdan en que el cielo constituye una sociedad enderezada a una finalidad. El Apocalipsis de San Juan está lleno de tales descripciones, desde los relatos gloriosos y complicados de la adoración divina hasta las visitas de los ángeles a la tierra. El profeta Isaías tuvo una visión de Dios y la corte angelical, y tanta era su perfección que estuvo a punto de desahuciar a la sociedad humana al compararla con la otra. "¡Estoy condenado! —exclama—. Heme aquí, con toda mi perversidad, viviendo en una sociedad perversa, y acabo de ver al Señor de las huestes celestiales!" Del mismo modo, nos brindan visiones de la sociedad de los ángeles otros trabajos de esos tiempos, como los libros de Esdras y Enoch, y la *Asunción de Moisés*.

En todos esos casos se da testimonio de que la sociedad de los ángeles es virtualmente perfecta en sí misma. Sin disensos, celos ni ambiciones, sin que violencia alguna altere su superficie. No hay preferidos ni relegados. Todos saben cuáles son sus dones, capacidades y responsabilidades, y todos trabajan sin cesar con el propósito de perfeccionar esas cualidades y ser fieles a sus deberes. Todos tienen un alcance sin límites en cuanto a su perfectibilidad, y todos tienen el "corazón" permanentemente fijo en Dios. No hay más ley que la del amor.

En cambio, nos resulta imposible saber si los ángeles fueron creados así o han ido evolucionando durante innumerables millones de siglos para conformar una sociedad perfecta. En mi opinión, por lo menos hasta cierto punto, evolucionaron. Pensándolo bien, la literatura referente a las revelaciones abunda en historias de un período durante el cual estalló en los cielos una especie de guerra civil, hasta que el arcángel Miguel y muchos otros unieron sus esfuerzos para desalojar a aquellos ángeles que al parecer se negaban a vivir de acuerdo con las "reglas" de la sociedad angelical.

Y por otra parte, está en la naturaleza de toda forma de vida que se crezca y se evolucione. Los cambios se producen mucho más rápidamente en este mundo que en el reino angélico; pero aún así, estoy segura de que los ángeles no son seres estáticos, creados con un bagaje finito de instrucciones y conocimientos. En comparación con nuestro intelecto, el de ellos quizá nos parezca muy vasto, pero también los ángeles aprenden y crecen.

Los ángeles no se ven afectados personalmente por el dolor y el mal que aún existe sobre la tierra. Disponen de una visión mucho más amplia que la nuestra y saben que, con el tiempo, según busquemos los caminos del Amor y la Luz, habremos de crecer más allá de tales cosas. Sin embargo, hay algo que sí los afecta: cuando erradamente los concebimos como sustitutos de la Luz, como si fueran semidioses, seres a los que debemos adorar o aplacar. Para un ángel, estas cosas son lo más parecido al dolor.

Las hermandades angélicas

Los integrantes de toda sociedad humana tienen diversas tareas que cumplir y diferentes papeles que representar. Otro tanto puede decirse de la sociedad angélica, y tanto se ha especulado a ese respecto que de allí ha surgido toda una literatura referida nada más que a ese tema. Pero cuando se trata de ángeles, la cuestión resulta ser mucho más complicada que entre los humanos. Todos nosotros pertenecemos a la misma raza. Algunos consideran la posibilidad de que no sea así en el caso de los ángeles, que los arcángeles sean de una "raza" que no sería la de los serafines, los cuales a su vez formarían parte de una raza que no sería la de los querubines. En cuanto a la palabra ángel en sí, es tanto el término genérico que usamos para referirnos a todo ser celestial y el nombre de otra "raza" distinta de las arriba mencionadas.

No estoy segura de creer que esto sea así. Cuando se leen libros de vieja data, se describe a los ángeles Miguel, Rafael, Gabriel, Uriel y otros como pertenecientes a distintas órdenes de ángeles. Me parece más lógico pensar que los ángeles sencillamente han sido llamados a cambiar de funciones, pero sin alterar la naturaleza de su ser.

Las diversas especulaciones en torno de los diversos grupos de ángeles, y a cuál de ellos pertenecería cada uno por sus funciones o por el tipo de cada ser, son algo que se viene manteniendo como una constante desde hace alrededor de dos mil setecientos años. En la tradición occidental, las primeras diferenciaciones se encuentran en las escrituras hebreas, donde las criaturas celestiales se llaman mensajeros, hijos de Dios, querubines y serafines. Los mensajeros son esos ángeles que vienen a la tierra e interactúan con los seres humanos. Los hijos de Dios son los ángeles que integran la corte celestial y que no se ocupan en particular de los asuntos terrenales. Los querubines, derivados de la tradición babilónica, cuentan con apariencias diversas. En primer lugar, son seres alados representados por los artistas con esa característica y encargados de sostener el Arca de la Alianza en la tierra y el trono de Dios en los cielos. En segundo lugar, son seres celestiales en muchas de las viejas profecías hebreas, sobre todo en Ezequiel. Y en tercer lugar, desempeñan funciones especiales como guardianes de la senda que lleva al árbol de la vida, según se lee en Génesis 4; o como en Ezequiel 28, donde se asigna a un querubín la guarda del primer hombre hasta el momento en que éste incurre en pecado y aquél lo expulsa de la montaña de Dios (si bien este relato está dirigido al rey de Tiro, en realidad no es sino una alternativa a la historia de la creación). Los serafines, alados como los querubines, rinden su adoración alrededor del trono del Señor.

Todas estas distinciones en cuatro grupos de hermandades o funciones encomendadas a los ángeles, han ido cambiando y expandiéndose en forma gradual. En el libro de Daniel, Miguel y otros son llamados Príncipes, y se advierte a las claras que son seres protectores especiales cuya función consiste en vigilar a las naciones. (Es posible que este término equivalga al de arcángel, ya que, en la Epístola Universal de San Judas Apóstol, Miguel es mencionado como arcángel.) También hay una categoría de seres celestiales a quienes se denomina Guardianes, encargados de cumplir en la tierra las órdenes divinas. En el libro de Tobías, el ángel Rafael se llama a sí mismo uno de los Siete que se encuentran ante el trono de Dios.

En otra literatura de la misma época, las órdenes de ángeles y las tareas que cumplen se describen con increíble detalle. Resulta especialmente notable el libro de Enoch, que menciona a verdaderas miríadas de ángeles, junto con las tareas celestiales que tienen encomendadas. Se necesitaría un volumen íntegro sólo para presentar a todos los ángeles y grupos de ángeles del libro de Enoch.

Hacia los comienzos de la Era Cristiana algunos teólogos identificaron entre siete y doce funciones o seres angélicos. San Pablo nos habla de "tronos, dominaciones, principados y poderes" en su Epístola a los Colonenses 1:16. Tienen también sus propios grupos los santos Ambrosio, Jerónimo, Gregorio el Grande, Clemente y el Pseudo Dionisio. No especularon menos los eruditos judíos del medioevo, y los sistemas de Zohar y otros son tan complicados y contradictorios como los de sus similares cristianos.

El sistema propuesto por el Pseudo Dionisio en el siglo IV de nuestra Era es el que se ha hecho más famoso. En la categoría más alta están los serafines, los querubines y los tronos. Estas tres órdenes de ángeles rinden incesante adoración en torno del trono de Dios y actúan como integrantes de un consejo celestial. Siguen los dominios, virtudes y poderes, encargados de gobernar las funciones del cosmos. En tercer término están los príncipes, arcángeles y ángeles, que son los guardianes de la humanidad al igual que de las naciones, ciudades, grupos y formas de vida, junto con el resto de las cosas. Lo que no queda muy en claro es si este sistema resulta ser más verdadero que otros, a pesar de que sea el más aceptado por generaciones de estudiosos a lo largo de los siglos.

Pero lo cierto es que todos estos sistemas son otras tantas muestras de la generalizada creencia de que el mundo de los ángeles está muy bien organizado. Los ángeles deberían sumar miríadas, y los visionarios que tuvieron ocasión de ver del otro lado del telón que los separa así lo afirman. De modo que, si los ángeles no conocieran sus lugares y responsabilidades, el resultado no podría ser otro que el caos.

¿Qué hacen los ángeles?

Los servidores de Dios llevan a cabo cuanto el Señor les encomienda. Y, según parece, lo que se pide a los ángeles es una diversidad inmensa de cosas. Cuando revisamos la literatura respectiva podemos ver que, en general, entre esas tareas figuran las siguientes:

Adorar a Dios

Todos los ángeles adoran a Dios. Ésta es, con toda claridad, la más esencial de sus funciones y su propósito es reflejar ante el Señor la gloria de la creación. También es por eso que las personas que suelen adorar a Dios con mayor frecuencia logran con los ángeles esa especie de contacto de corazón a corazón tan deseado por muchos: ellos comparten un idéntico interés de gran profundidad, similar al de los ángeles. Isaías y San Juan, en sus visiones, oyen las palabras y canciones angélicas en sus momentos de adoración, cánticos que, según expresan, no cesan jamás. Creo que, no importa qué clase de misión especial esté cumpliendo un ángel en la tierra, su corazón se halla permanentemente absorto en la contemplación de lo divino, y pienso que el aura angélica no es sino el reflejo de ese estado de constante adoración.

Traer mensajes a la tierra o atender a los humanos en el mundo

Los ángeles vienen con frecuencia a la tierra en cumplimiento de misiones especiales como portadores de los mensajes de Dios. Y no es necesario que formen parte del grupo de guardianes, sólo porque interactúan con los humanos. Gabriel fue portador de mensajes de una importancia enorme para el profeta Daniel, para Zacarías, y anunció a María, la madre de Jesús, que el Señor la había elegido para ello; pero no por eso puede considerarse que Gabriel sea un ángel guardián. Los ángeles que prestaron sus servicios a Jesús durante su retiro al desierto tampoco eran ángeles guardianes.

Montar guardia ante el reino celestial para defenderlo de los ángeles caídos

El concepto de Huestes Celestiales, nombre que se da al ejército de los ángeles de Dios, es antiguo. En los tiempos bíblicos se consideraba que este ejército estaba empeñado en una lucha invisible en defensa del bien. Y tanto en el libro de Daniel como en el Apocalipsis se hace clara mención de Miguel y sus ángeles expulsando corporalmente a los ángeles rebeldes del espacio, el ámbito o como se pueda llamar al cielo. Es poco lo que sabemos respecto de esta guerra celestial o si todavía no ha terminado. Es posible que en todo lo que nos rodea

los ángeles de Dios sigan combatiendo con total
intrepidez a los ángeles de las tinieblas en defensa
del Reino.

Ayudar en la conservación de las funciones naturales del mundo y el cosmos

Los ángeles también tienen un lugar en la vigilancia
de los fenómenos naturales, el gobierno de la tierra
y otros cuerpos del cosmos. De acuerdo con lo que
afirman algunos angelólogos y místicos, hasta la
más pequeña hoja de pasto tiene su ángel para vigilarla.
Y el pasto en su conjunto cuenta a su vez con un
ángel de más jerarquía para la misma tarea. Y así,
otros ángeles vigilan el reino vegetal, el mundo y
todo el sistema solar. La literatura mística judía de
la Edad Media, y de allí en adelante, ha multiplicado
con increíble detalle los nombres de los ángeles.
Todas las virtudes, todos los sucesos humanos, cada
día, semana, minuto o año tiene su ángel correspondiente. No estoy segura de que todo eso sea así en
forma tan literal; pero existe la plena seguridad de
que los ángeles observan y vigilan al mundo en su
totalidad.

Estar al servicio de la humanidad, espiritual y físicamente, en condición de guardianes. En forma individual y en grupos

Toda persona que viva o haya vivido sobre este planeta tiene o ha tenido su ángel de la guarda. Se trata de una creencia aceptada casi sin discusión por religiones como el judaísmo, el cristianismo, el islamismo y el zoroastrismo, además de muchas otras menos conocidas. Se habla de ello en las escrituras ortodoxas y también en los escritos complementarios y en las obras de los místicos.

¿Pero cuál es la tarea que cumple un ángel de la guarda? Según mi creencia personal, a cada uno de nosotros se nos ha asignado nuestro ángel desde el momento de la concepción, no del nacimiento. Son algo así como padrinos espirituales, o auspiciadores que trabajan en forma permanente para elevarnos en todos los niveles del espíritu y durante toda la vida. Nos hablan constantemente al corazón, como uno de los canales de los que se sirve Dios para conferirnos Su gracia, y en todo momento están susurrándonos al oído palabras de paz y de amor, de absoluta plenitud y de cómo hemos de trabajar en procura de esos objetivos.

El concepto expresado al decir "ángel guardián" no proviene directamente de ninguna de las escrituras y ni siquiera de la literatura colateral. Mucho más sencillamente, es algo que nosotros mismos hemos ideado para describir a esos ángeles que trabajan para ayudarnos aquí en la tierra, basados en el Salmo

91 cuando dice: "...porque él te encomendó a sus
ángeles para que te guarden en todos tus caminos.
Ellos te llevarán en sus manos para que tu pie no
tropiece contra ninguna piedra" (Salmo 91; 11/12).

¿Pero guardarnos de qué, es la misión de nuestros
ángeles? Mi idea personal es que su principal tarea
consiste en atender a nuestro espíritu más que a
nuestro cuerpo. Son los guardianes de nuestras almas,
de lo esencial de nuestros corazones. Creo que intervienen en nuestro mundo físico cuando tal intervención
se torna necesaria para enriquecer nuestro espíritu
o liberarlo de pesares. Pero en todo cuanto hacen
son dadores, proveedores, encargados de facilitar;
no son generales, patrones ni gobernantes que mandan.
Trabajan con nosotros, no por encima o en contra
de nosotros. Su sociedad no está reglamentada según
una línea de órdenes, premios y castigos, y por lo
tanto no nos dan órdenes ni interfieren en nuestro
libre albedrío. Podemos cooperar con sus consejos
y sugerencias y así lo haremos si somos inteligentes,
pero lo que no podemos hacer es ignorarlos aunque
así lo decidamos.

Yo creo que cada uno de nosotros cuenta con
un ángel de la guarda principal que dispone a su
vez de muchos otros para ayudarlo. En el Islam se
cree que un ángel va registrando nuestras acciones
(buenas y malas) junto al otro ángel encargado de
cuidarnos. Y es posible que contemos con otros
ángeles que se ocupan de vigilarnos por otras razones.
Martha Powers, que nos cuenta su historia en otra

parte de este libro, dice que hubo un ángel que se encargó de sus negocios cuando ella se inició. Pero, según mi opinión personal, elaborada después de muchos años de tratar de responder a mi propio ángel custodio, Enniss, los esfuerzos de todos esos seres celestiales se coordinan a través del ángel asignado para vigilarnos.

Tampoco se ha llegado a una conclusión respecto de si cada uno de nosotros tiene un ángel guardián diferente. En torno de este asunto no han llegado a un acuerdo ni los estudiosos ni los místicos que se ocuparon del tema. Me parece lógico que un ángel sea, desde luego, lo suficientemente poderoso y cuente con el buen juicio necesario como para poder vigilar a más de una persona. Quizás un sólo ángel se ocupe de toda una familia. (Recuerdo una serie televisiva que por cierto no duró mucho tiempo, donde un ángel viene a este mundo para ocuparse del bienestar de tres huerfanitos y la tía encargada de ellos.) Por lo demás, sabido es que Dios es pródigo en amor y cuidados, y es posible que ello alcance también a nuestros ángeles a fin de que cada humano cuente con su propio ángel de la guarda.

Durante la mayor parte de la historia de la raza humana, los ángeles del Señor actuaron sobre todo en forma secreta, y sólo alzaron de vez en cuando el telón cuando era necesario dar seguridad con su presencia. Pero en los últimos siglos, y en particular durante estos años, las cosas han cambiado... y no otro habrá de ser el tema del siguiente capítulo.

Capítulo Cuatro

¿Por qué aparecen los ángeles con tanta frecuencia?

Es posible que nos visiten en función de nuestra necesidad de ayuda espiritual... y, una vez más, es posible que estén tratando de decirnos algo maravilloso.

Cuando me refiero a las apariciones angélicas, quiero decir bastante más que lo relativo a encuentros personales de los que se habla con tanta frecuencia, o incluso de los "ángeles inadvertidos" que nos ayudan cuando los necesitamos. Estoy hablando de todos los niveles de ángeles en cuanto a lo que sabemos de ellos, desde los más terrenales, como podrían ser los representados en estatuas e imágenes, hasta las expresiones y palabras más sublimes que pronunciaron los ángeles, llegadas hasta nosotros merced a la intermediación de seres humanos. Y por encima de todo, me refiero a la conciencia cada vez mayor de las modalidades utilizadas por los ángeles para influir en nuestra vida y dirigirse a nuestros corazones para hablar de nuestra necesidad de amor, a fin de crecer y vivir.

Casi todos los últimos libros publicados en torno del tema de los ángeles han formulado sus especulaciones acerca de por qué pasan estas cosas. En líneas generales, las teorías se inclinan en tres direcciones: el realismo humano, las dificultades humanas y las transformaciones humanas.

Realismo

El realismo destaca que, a lo largo de la historia, a períodos de intenso materialismo o concentración en las cuestiones de este mundo han sucedido siempre oscilaciones que llevaron el péndulo hacia el lado espiritual de la vida. Actitudes egocéntricas, fuertemente egoístas, son seguidas por otras altruistas y filantrópicas. A la generación de jóvenes complacientes, satisfechos de sí mismos que vivieron en los años 50, siguió esa otra tan distinta de la juventud de los '60, hambrientos de flores. Y estamos ahora ante la generación de hombres y mujeres crecidos en medio de una sociedad permisiva, educada en la era del "primero yo" de los años 70 y 80, que buscan el terreno espiritual que jamás conocieron antes, durante sus años de formación. Y lo buscan no precisamente en las estructuras establecidas que por tradición suministraron ese alimento, sino en las nuevas formas alternativas de encontrar a Dios y descubrir los propósitos de la vida.

Para ambos, tanto los creyentes ortodoxos como los adeptos de la New Age, son importantes el mensaje y la presencia de los ángeles en nuestra vida. Los ángeles trascienden toda religión, toda filosofía y todos los credos. A decir verdad, los ángeles no tienen religión, según lo sabemos: su existencia es anterior a cualquier sistema religioso que haya existido en la tierra. Y en cuanto a su credo, el de los ángeles es el Amor.

Es inherente a nuestra naturaleza humana el hambre espiritual, ese anhelo de saber quiénes somos y hacia dónde nos dirigimos. Sólo se la puede negar o rechazar mientras no levante la cabeza para pedir a gritos su reconocimiento. Si le es negado por demasiado tiempo o en forma demasiado forzada, tanto por parte de la sociedad en su conjunto como por nuestras vidas individuales, surgen las persecuciones, las cazas de brujas y otras atrocidades.

En el mismo momento en que nos damos cuenta de que hay cosas más importantes para nuestra vida que el trabajo, el prestigio y el poder, así como la acumulación de bienes, nuestros ángeles se presentan para ayudarnos, asesorarnos y aconsejarnos. Claro que ya lo han visto todo antes... y trabajan entre bambalinas para restablecer el equilibrio. Es algo parecido a lo que sucede en toda buena empresa de relaciones públicas; ellos siempre saben cuándo dar el paso al frente para pregonar su causa.

¿Y qué es lo que nos dicen? Quieren hacernos entender que, después de todo, el cielo no está tan lejos de nosotros como podríamos pensar. Las barreras existentes entre la dimensión celestial y la humana pueden franquearse. Nos es posible ver lo bastante del ámbito celestial como para tener esperanzas de que nuestra dimensión no es todo lo que hay. Dios no es un ancianito sentado en una nube que se ha olvidado de nosotros, nos recuerdan los ángeles. Dios está tan cerca de ti como los latidos de tu corazón. Si lo deseas, puedes crecer; debes crecer. Este mundo no lo es todo.

Dificultades

Hay quienes dicen que podemos advertir la presencia de los ángeles sólo cuando estamos en dificultades; cuando la vida se desarrolla apacible y calma, ellos se mantienen discretamente en un segundo plano.

Está fuera de toda duda que los ángeles se manifiestan con todo su poder en momentos de crisis. Casi todas las personas de las que tuve noticia o con las que hablé personalmente que habían sido tocadas por los ángeles se encontraban en alguna encrucijada o en un estado ajeno al normal, ya fuese por pena o por miedo, por alguna ansiedad y, por paradójico que pueda parecer, a consecuencia de un gran gozo o exaltación.

Dicen los escépticos que es nuestra misma necesidad la que produce eso que llamamos ángel. Y, en efecto, así puede ser en determinados momentos y en algunos lugares. Pero también abrigo la misma certeza de que hay un Dios amante, conocedor de nuestra carencia, que nos envía a nuestro ángel para que nos susurre en el corazón que no estamos solos.

Atravesamos un período en el cual la gente tiene cada vez más miedos y se siente más oprimida por la vida. Nos sentimos despersonalizados, convertidos en números o estadísticas. Hemos perdido el control del miedo que nos rodea y, con una velocidad que nos aturde, vemos que estamos perdiendo también el control de nuestra vida. Los medios nos dicen qué debe gustarnos, cómo vestirnos, a quién creer, cómo gozar del sexo sin problemas, hasta que llega un momento en que oímos esa débil voz interior que nos dice que nos estamos ahogando. En 1992, la terapia de medicina alternativa de mayor demanda en los Estados Unidos era la que empleaba técnicas de relajación.

Los ángeles se acercan a nosotros y nos dicen: "No temas. Conocemos algo mejor que eso. ¿Podemos ayudarte a que lo entiendas? Te rogamos que nos permitas ayudarte". Según creo, los nuestros están haciéndose conocer como oasis de paz en nuestras vidas.

Es que no sólo experimentamos cada vez más tensiones personales, sino que el mundo entero se halla cada vez más perturbado. Contaminación del orbe, deforestación, reducción de la protectora capa de ozono, residuos tóxicos, armas químicas y biológicas, amenaza de accidentes nucleares o, lo que es peor, enfrentamientos con esas armas, son realidades cotidianas. Especies enteras están desapareciendo para siempre del planeta a una velocidad que ni siquiera imaginamos. Se asesina a la gente por la propiedad de árboles en vías de extinción que serían la única fuente para un posible remedio contra el cáncer. Sólo en lo que va del siglo han muerto en el mundo, a causa de las guerras, las hambrunas y las persecuciones, más personas que cuantas poblaban la tierra en los tiempos de Jesús. Nuestra tecnología ya ha superado largamente todo lo que pudiéramos haber aprendido como especie. En síntesis, estamos asesinando nuestro futuro.

Y éste es el único mundo que tenemos. No podemos abrir las alas y volar a otro planeta después de haber exprimido hasta la última gota todos los recuerdos de éste. Nos ha sido entregado no para dominarlo y hacerlo víctima de rapiñas y violaciones, sino para que nos sirva de alimento y halago, confiado a nuestros cuidados para que siga sirviendo a las generaciones por venir.

Todo eso que estamos haciendo para destruir el planeta desagrada a los ángeles que con tanto ahínco trabajan para conservarlo. ¿Acaso pudo haberse sentido feliz el ángel que vio extinguirse a la última paloma silvestre norteamericana mientras millares de especies animales y vegetales eran destruidas por la codicia humana? ¿Puede satisfacerles la lluvia ácida que destruye bosques y acaba con los peces de los lagos? Los ángeles ayudaron a poner en movimiento el mundo en que hoy vivimos cuando era sólo una de tantas motas de polvo girando en torno de un sol que nacía. Ellos conocen la evolución de la vida sobre el globo mejor de lo que nosotros podemos recordar nuestra propia infancia. Por eso exclaman: "¡No hay ser alguno con derecho a destruir, con derecho a desfigurar el rostro de Dios!".

Nos están pidiendo que, por el contrario, los ayudemos a transformarlo. Los ángeles que se encuentran entre nosotros cuentan con poder y grandeza suficientes como para que se nos despierte el conocimiento de que todo cuanto existe en el mundo es reflejo de la divinidad. Todo ello tiene que atesorarse. Si una flor ha de ser transformada en medicina para la cura de graves males, quiere decir que el rostro del Señor está en la curación. Pero cuando una flor se convierte en tóxico que envenena, está reflejando el rostro del mal. "Podemos ayudarles a que aprendan cómo se miden las cosas de este mundo, tal como lo hacemos nosotros", es lo que nos dicen los ángeles.

Transformaciones

Una de las principales causas de que la gente crea que los ángeles se nos dan a conocer con tanta frecuencia es el deseo que los impulsa a enseñarnos a crecer y convertirnos en buenos administradores de este planeta. Tal idea nos dice que los ángeles están junto a nosotros para ayudarnos a elevar nuestra conciencia, nuestro autorreconocimiento espiritual como raza y no sólo como individuos. Casi podríamos decir que los ángeles están con nosotros para proporcionarnos una dosis de vitaminas que debe administrarse en los momentos justos. Esta teoría, que en general se apoya en el lenguaje propio de la New Age, argumenta que el mundo está al borde de una transformación tan gloriosa que ni siquiera encontramos palabras para describirla. Los ángeles se hallan entre nosotros para servirnos de guías, para ayudarnos a penetrar en un nuevo nivel en cuanto a la conciencia que debemos tener de la tierra. Y cuando llegue el momento, a su debido tiempo, veremos a todos esos ángeles que nos rodean en forma permanente y viviremos con ellos como nuestros amigos y salvadores.

Me parece que, en un sentido limitado, este concepto de transformación es cierto. Creo que los ángeles se encuentran entre nosotros a fin de que se produzca un cambio profundo en el mundo. Pero no por eso supongo que ellos habrán de hacerse cargo del trabajo. Su presencia más obvia en nuestra vida es para despertarnos a la necesidad de empezar a modificar el mundo a fin de que sea tal como ellos y nosotros lo deseamos. Y cuando nos hayamos desarrollado lo suficiente como para sembrar amor, por haber cambiado nosotros y por haber transformado al mundo de nuestro alrededor, ya no necesitaremos ayuda para ver a nuestros ángeles y caminar con ellos. Sólo Dios sabe cuánto tiempo demandará esto.

En ocasiones se me antoja que la única frontera que hemos alcanzado es la frontera del desastre. Poseo la esperanza de que tengamos la sabiduría necesaria como para aprender, y sé que ella es parte del motivo de que los ángeles se hayan tornado visibles con tanta frecuencia en los últimos tiempos.

Nuestros ángeles, desde luego, aspiran a que logremos nuestra transformación personal no menos que la transformación de la tierra. Y así es como tendría que ser. No estamos en condiciones de cambiar el mundo para mejorarlo si no podemos siquiera cambiarnos a nosotros mismos y despojarnos de celos y envidia, prejuicios y codicia, y de todas las formas que puede revestir el mal. Y no podemos hacer nada de eso sin contar con la presencia de Dios en nuestra vida.

Los ángeles que se encuentran entre nosotros son otras tantas señales de esperanza para indicarnos que nuestra transformación —y la del mundo entero— no es imposible. El cielo no dista una galaxia de nosotros, sino que está aquí, nos dicen; el reino de Dios está aquí, en nuestro medio... y aquí estamos nosotros para demostrarlo. Las barreras no son insuperables. Dios está tan cerca como los latidos del corazón.

En verdad creo que los ángeles de Dios están trabajando en pro de nuestra transformación. A partir de 1979, y durante los tres años que siguieron, he estado recibiendo ciertas intuiciones o comunicaciones de corazón a corazón provenientes de mi ángel de la guarda. Me dijo que hace alrededor de 250 años, muchos de los ángeles guardianes de la raza humana iniciaron una nueva modalidad de trabajo con sus custodiados de este mundo. Eso es lo que siempre he denominado *El programa piloto*. Desde que comenzó, han sido "sembrados" en la tierra muchísimos ángeles, en número siempre creciente. Esos ángeles y sus custodiados de la tierra han pactado entre sí vivir de acuerdo con una relación espiritual mucho más estrecha y evidente que la mayoría de los seres humanos, a fin de convertirse en una suerte de fermento entre todos y lograr así la transformación del mundo. La idea no consiste en tratar de que un grupo de privilegiados constituya una especie de club más o menos exclusivo, sino en lograr que ángeles y humanos actúen como ejes o núcleos de alcance mundial con el propósito de que, a su debido tiempo, todos los humanos y sus ángeles guardianes compartan esa estrecha relación. No hay nada mágico ni supersticioso en todo esto. Tampoco se trata de algo así como un oleoducto que lleve hasta Dios. Es sólo un medio del que podrá servirse el Señor para derramar su gracia sobre nosotros.

Desde ese momento he formado parte del "plan piloto". Aprendí que, cuando yo tenía cinco años y me tocó Enniss, mi ángel de la guarda, merced a esa transformación en mi mente pude liberarme de todos aquellos temores que podían haber paralizado mi vida. Y a medida que fui creciendo, llegué a saber que Dios se propone que todos desarrollemos una vida colmada de amor, santidad y plenitud, y que nuestros ángeles desempeñan un papel esencial en la tarea de ayudarnos a aprenderlo.

Los relatos que siguen, tanto como el mío, muestran que los ángeles trabajan con toda clase de seres, religiosos o no, jóvenes o adultos. Algunas veces se presentan envueltos en un glorioso resplandor y otras con un pequeño maletín en la mano. Y en cuanto a sus misiones, se extienden desde el rescate de una vida hasta la salvación de los espíritus.

Tengo la esperanza de que estos relatos lleguen a mis lectores y los conmuevan tal como me ocurrió a mí.

una vida colmada de amor, santidad y plenitud, y que nuestros ángeles desempeñan un papel esencial en la tarea de ayudarnos a aprenderlo.

Los relatos que siguen, tanto como el mío, muestran que los ángeles trabajan con toda clase de seres, religiosos o no, jóvenes o adultos. Algunas veces se presentan envueltos en un glorioso resplandor y otras con un pequeño maletín en la mano. Y en cuanto a sus misiones, se extienden desde el rescate de una vida hasta la salvación de los espíritus.

Tengo la esperanza de que estos relatos lleguen a mis lectores y los conmuevan tal como me ocurrió a mí.

Capítulo Cinco
Un ángel en el tren

ROBIN DIETTRICK, Ann Arbor, Michigan

... algunos, sin saberlo, hospedaron a los ángeles.
—HEBREOS 13:2

Los ángeles que se acercan a nosotros para ayudarnos y guiarnos adoptan tantos aspectos como personas haya necesitadas de su asistencia. Algunas veces distinguimos su sombra etérea, celestial, brillante en medio de la luz que irradian. En otras ocasiones apenas si alcanzamos a captar su proximidad o podemos oír sus susurros. Y otras, por fin, en nada difieren de nosotros mismos... hasta que, cumplido su objetivo, nos abandonan en forma súbita, calladamente, dejando apenas el atisbo de un halo o el vestigio de un ala como para obligarnos a formularnos preguntas. El relato de Robin constituye un bello ejemplo del disfraz adoptado por un ángel.

Siempre he pensado que pude ver a mi ángel de la guarda cuando era una joven esposa. Mi marido, un militar, había sido destinado en Alemania, y tras permanecer solo en aquel país por espacio de casi seis meses, me preguntó si estaría dispuesta a ir allí con nuestros tres hijitos. Desde luego, le respondí afirmativamente, porque mi deseo de reunirme con él era tan grande como el suyo.

Me demandó cerca de tres meses llevar a cabo todos los preparativos propios de una mudanza al extranjero. Mi proyecto era partir a comienzos de junio, cuando el mayor de nuestros hijos terminase el año escolar. Era una niña, y entendíamos que si podía disponer de todo el verano para acostumbrarse a otro país y a una diferente forma de vida, luego le resultaría más fácil reanudar sus estudios en Alemania. Además, como yo era maestra, para esa época estaría también en libertad. Pero los trabajos de embalaje, la liquidación de las cosas que no llevaríamos y el alquiler de nuestra casita, para no hablar de los exámenes de fin de curso, pues yo tenía una cátedra de historia en el colegio secundario, fueron algo agotador. Algunas noches, observando las cajas apiladas por mi suegro, me preguntaba cómo haría para terminar con todo.

Desde luego, también hice un esfuerzo para aprender algo de alemán. Una profesora amiga me enseñaba lo elemental durante la pausa del almuerzo. Pero confieso que nunca tuve oído para los idiomas extranjeros, de modo que, si bien aprendí algunas breves frases de cortesía, lo cierto es que hablar alemán era algo que entonces escapaba a mis posibilidades.

Hasta que por fin llegó el día de nuestro vuelo a Alemania. Fue algo emocionalmente durísimo, sobre todo para mí, aquella despedida de mi madre y mis dos hermanos mayores. Sabía que no nos veríamos por lo menos durante un par de años y que las llamadas telefónicas no serían frecuentes. Estaba haciendo esfuerzos por contener las lágrimas, cuando una azafata se acercó para ayudarme a llevar a los niños a bordo del avión.

No disfruté durante la travesía. Pudo haber sido sólo un viaje difícil con tres niños, los dos más chicos ni siquiera en edad escolar. Pero esa noche, además de retrasarse el vuelo y de encontrar muchas turbulencias, mis hijos se marearon. Creo que pasé la mitad del tiempo yendo y viniendo al baño para higienizarlos. Cuando sobrevolábamos el Atlántico a mí también se me revolvió el estómago y vomité algo. Poco antes de terminar el viaje, exhaustos, los chicos se quedaron por fin dormidos, pero yo estaba demasiado nerviosa como para descansar. Es posible que influyera el hecho de que había bebido demasiado café con la esperanza de superar las desventuras de aquel vuelo en un 747.

Y finalmente, con un gran suspiro de alivio, aterrizamos en el aeropuerto alemán. Sabía que deberíamos pasar por la aduana y que mi marido estaría esperándonos para llevarnos a nuestro nuevo departamento. Reuní todo nuestro equipaje, un par de pesadas valijas y tres bolsos, tras lo cual acomodé a los mellizos en el cochecito especial provisoriamente adquirido antes de viajar, para iniciar la marcha hacia el sector marcado AUSGANG/SORTIE/EXIT. Con una sensación de alivio pensé que a partir de ese momento todo iría bien, me encontraría con Alex y nos encaminaríamos a destino. Hasta me parecía que todo era un poco divertido, oyendo hablar en alemán por todas partes, sobre todo por los altoparlantes. Desde luego, no entendía una sola palabra. Y por mucho que miré a mi alrededor no pude descubrir ni rastros de mi marido. Pensé que tal vez estuviera retrasado por el tránsito y decidí aproximarme a la salida para seguir esperando allí. Encontré un rincón que no podía pasar inadvertido para nadie que llegara en busca de alguien y me instalé allí con los chicos, que no tardaron en dormirse.

Mientras tanto, yo seguía sentada sobre las valijas, a la espera de que llegara mi marido y sintiéndome cada vez más nerviosa y abandonada, sobre todo considerando que ignoraba en absoluto el idioma que se hablaba a mi alrededor. Y así fue pasando el tiempo: media hora, una, dos. El mayorcito se despertó muy malhumorado. Tuve que dirigirme con los niños a una salita de espera con riesgo de que me hurtaran las valijas, ya que yo también estaba tan cansada que no podía llevarlas.

Por fin consideré que debía llamar a la base, pero mientras buscaba un teléfono, advertí que no se parecían en nada a los que yo conocía en mi país y no habría sabido cómo hacerlos funcionar, aunque conocía el número al que debía llamar. Las instrucciones para utilizar el aparato estaban sólo en alemán y ninguna de aquellas palabras coincidía con alguna de las pocas que yo sabía. El agotamiento y la frustración se habían apoderado de mí, y ya me sentía al borde del llanto. ¡Dios mío! ¿Qué hago ahora?, me preguntaba una y otra vez.

Y en ese momento oí la voz de un hombre que me hablaba al oído. En un inglés impecable, me decía: "¿Puedo ayudarla en algo, señora?". Al volverme advertí que tenía frente a mí a un caballero de mediana edad. Con indescriptible alivio le expliqué mi situación.

Con toda gentileza, el desconocido me pidió el número y depositó algunas monedas en el teléfono. Debí pasar por la desazón de no tener cambio en el bolsillo, pero él introdujo las monedas necesarias sin dejar de sonreír.

Así pude conversar casi de inmediato con un soldado de la base donde estaba mi marido. El muchacho me dijo: "Es una verdadera suerte que nos haya llamado, porque no sabíamos cómo hacer para comunicarnos con usted". Me explicó luego que mi marido había sufrido un accidente, felizmente leve, y estaba internado en el hospital de la base para atenderse una fractura de tobillo. La noticia terminó de desalentarme, ya que, después de todas las peripecias pasadas, me encontraba en aquel aeropuerto sin tener la menor idea de cómo llegar a la base desde allí. El viaje hasta el hospital me demandaría por lo menos dos horas y yo ignoraba por completo qué

medio de transporte utilizar. Recurrir a un taxímetro
o algo así quedaba fuera de toda cuestión. Así que
me eché a llorar cuando colgué, pugnando por evitarlo
para no intranquilizar todavía más a los niños. Tenía
que mostrarme fuerte, por lo menos delante de ellos.
Pero de todos modos las lágrimas me corrían por
las mejillas.

El señor aquel me palmeó entonces suavemente
en un hombro y me tranquilizó: "No se aflija, señora,
yo le enseñaré cómo llegar al tren que la llevará a
la base". Tras esas palabras, extrajo de su portafolios
un termo, me sirvió café y me obligó a beberlo,
como si no hubiera nada en el mundo que él pudiera
desear más. No podía haberme devuelto la calma
mejor y más pronto, y al instante me vi acompa-
ñándolo hasta el mostrador donde, en un alemán
que me pareció irreprochable, estuvo explicando
mi situación y lo que yo necesitaba. Era un hombre
absolutamente común, vestido con ropa de calle
también común, y llevaba un viejo portafolios de
cuero que se abría por la parte superior. Usaba un
ligero sombrero de fieltro con una plumita de color
a un costado. Recuerdo que en ese momento me
pregunté si no sería austríaco (cuando me preparaba
para el viaje había visto varias películas documentales
sobre viajes). Pero nada de todo aquello podía haberme
indicado que se trataba de un ángel. Todo lo que yo
podía pensar era que ese hombre era en verdad muy
amable y mentalmente lo colmaba de bendiciones.

Poco después llamó a un taxi, indicó al conductor

hasta dónde debía llevarme y me dijo cuál era la tarifa aproximada que me correspondería. Y antes de que pudiera contestarle ya estaba retirándose del borde de la acera mientras me hacía un gesto amistoso a modo de despedida. Me sentí tan agradecida que podía haberlo besado.

Hicimos el viaje hasta la estación sin contratiempos y los cuatro empezamos a recuperar la calma, pero desde el mismo momento en que estuve de pie en medio de aquel enorme vestíbulo de la estación comprendí que seguía tan sola como al principio y volvieron a adueñarse de mí el agotamiento y el pánico. Tenía los boletos, pero no sabía hacia dónde dirigirme ni qué preguntar. Aquella era una estación ferroviaria como cualquier otra, pero con la diferencia de que no podía traducir lo que indicaban los carteles. De nuevo se apoderó de mí el deseo de echarme a llorar, con más intensidad que antes. Estaba mirando los boletos que empuñaba en una mano, cuando se me ocurrió observar el dorso de uno de ellos. Y entonces pude ver, para mi asombro y escritas con letra muy clara, pulcra, nada menos que las detalladas instrucciones para dirigirme al andén correcto. Una vez más, de todo corazón, bendije a ese hombre.

Muy pronto estuvimos en la plataforma indicada, a la espera de ese tren que debería llevarnos a la base donde mi marido prestaba servicio. Irrumpió un tren y me puse a recoger el equipaje —y desde luego a los tres niños— para abordarlo. La tarea demandó unas cuantas idas y venidas, y cuando terminé y plegaba el cochecito, me pareció que también yo me colapsaba como aquel pequeño vehículo.

Acabábamos de instalarnos, cuando miré por el andén y allí estaba, de pie en el andén, el mismo caballero que tanta ayuda me había brindado. Seguí observándolo y lo vi trepar la escalerilla con toda calma y luego acercarse a mí para decirme: "Perdón, señora, pero ha tomado el tren equivocado. El suyo saldrá de este mismo lugar cuando éste se vaya. Este tren va a otro lugar. Tiene que bajar de inmediato". Mientras hablaba recogió las dos pesadas valijas y los tres bolsos como si estuvieran vacíos, y se dirigió a la salida.

Recuerdo haber reunido a los niños, que ya no podían decir palabra, y seguir a nuestro salvador como si estuviera hipnotizada. No podía dejar de preguntarme de dónde habría surgido. ¿Quería decir que nos había seguido en el viaje desde el aeropuerto hasta la estación?

Nos quedamos todos juntos a la espera del tren adecuado. Cuando le agradecí, por cierto que de todo corazón, lo que estaba haciendo, se limitó a decir que todo estaba bien, que no me preocupara. A pesar de su parquedad, no podía decirse que no fuera cordial, sino que sencillamente no era amigo de los discursos.

Cuando por fin llegó nuestro tren, nos ayudó de nuevo con el equipaje y con gran discreción estuvo conversando con el guarda. Luego se me acercó para comunicarme que aquel hombre conocía algo de inglés y me ayudaría hasta que llegáramos a destino.

Después, en vista de que el tren se aprestaba a partir, se encaminó a la salida y, como poco antes, nos despidió con un gesto de la mano. Cuando supuse que estaría en la plataforma, levanté el cristal de la ventanilla y me asomé para decirle todo lo agradecidos que estábamos.

¡Pero no había salido! Lo había visto abrir la portezuela y abandonar nuestro vagón... y no podía encontrarse en otro lugar. ¡El hombre sencillamente había desaparecido!

Atónita como es de imaginar, me quedé mirando aquella plataforma de un extremo al otro, después pasé al pasillo del vagón, con el mismo resultado. Nadie por allí cerca. Las únicas personas que estaban en la plataforma eran blancas, y él era negro, lo mismo que mis hijos y yo.

Volví a sentarme cuando el tren abandonaba la estación. Los chicos cayeron dormidos como troncos, exhaustos, pero yo estaba demasiado nerviosa como para aflojarme, ni siquiera a pesar de que el guarda acababa de decirme que la próxima parada sería cerca de dos horas después.

Sin embargo, en determinado momento me dormí profundamente, y durante un buen rato. Después me sobresaltó una voz que parecía conminarme: "¡Despierte! ¡Despierte!". Creo que aquella voz estuve oyéndola sólo en mi mente, o como parte de un sueño, pero no, era la voz del gentil desconocido, ahora tengo la seguridad de que así era. Me incorporé, pero no tenía a nadie a mi lado. No obstante, pude advertir que el tren estaba entrando en la estación.

Desperté a los chicos y, con ayuda del guarda, llevé todo el equipaje al andén. Allí apareció un joven soldado norteamericano para decirme que, por pedido de mi marido, estaba allí para ayudarme. Ahora recuerdo que, mis hijos y yo, sólo atinamos a lanzar un grito de alegría. Nuestra odisea había terminado.

Poco después, junto al lecho de mi marido, le refería toda nuestra aventura. "Tiene que haber sido un ángel guardián que vino a vigilarte a ti y a los chicos", me sugirió. Creo que tenía razón, que literalmente estaba en lo cierto. Dios sabía que, a raíz de aquella fractura de tobillo de Alex, necesitaríamos ayuda cuando llegáramos a Alemania y por esa razón envió a Su ángel para guiarnos y brindarnos seguridad hasta que todos pudiéramos reunirnos en el hospital. En verdad, lo creo.

Decidí que no compartiría mi historia con demasiadas personas, porque me pareció algo curioso ponerme a contar a otros acerca de un ángel que se me presentaba de sombrero y plumita en la cinta y que, además, disponía de un termo lleno de humeante café. Pero en lo profundo de mí sigo abrigando la certeza de que era un ángel que adoptaba la forma humana. Había algo más que aquella amabilidad y sus incensantes servicios, siempre oportunos. Era cómo sabía de antemano que necesitaría su ayuda, con el teléfono, el taxi, el tren. Era la forma en que prestaba ayuda, sin inmiscuirse nunca demasiado. Era en realidad una forma muy amable de autoridad; jamás me ordenó que lo siguiera ni nada parecido. Sólo que, cuando nos brindaba su ayuda, me sentía a salvo, segura. Y la forma en que se esfumó en pleno día, a bordo de un tren, es algo que nunca olvidaré. Desde luego, no he vuelto a verlo, pero desde entonces tengo la absoluta seguridad de que mi familia cuenta con un ángel guardián siempre listo para ayudarnos.

Con plena conciencia he tratado de imitar a mi ángel ayudando a otros en cosas pequeñas, siempre que me ha sido posible, como forma de agradecer a Dios por la ayuda que me envió aquel día. He tratado de ser un "ángel secreto" para otros. Puede revestir la forma de una nota anónima a un colega del colegio instándolo a tener paciencia con alumnos díscolos. O convertirse en un sobre con cupones de alimentos para perros dejado en la silla de otro profesor que tenía en su casa dos enormes y tragones pastores irlandeses. O cuidar los niños a una vecina que debe salir intempestivamente de su casa para cumplir con alguna tarea. En una palabra, me parece que debo devolver algo de toda la ayuda que se me brindó aquel día que nunca podré olvidar.

Me consta que no somos ángeles, pero en cierto modo podemos ser ángeles para quienes nos rodean.

Volvimos a los Estados Unidos unos dos años y medio después, y recuerdo haber estado mirando aquella estación y el aeropuerto, preguntándome si no andaría por allí aquel ángel, ayudando ahora a alguna otra persona. No lo vi, pero sigo creyendo que podría seguir allí, tal vez con uniforme de azafata o comisario de a bordo. O quizá como una mujer común, que ahora puede ser blanca o asiática; tal vez sea más joven o se presente como un anciano. De todos modos, espero que haya llegado a tantas otras vidas como llegó a la mía.

Yo no lo olvidaré jamás.

Capítulo Seis
El *ángel* de curación

Caroline Sytherland, Hansville, Washington

A un mismo tiempo fueron acogidas favorablemente ante la Gloria de Dios las plegarias de Tobit y de Sara, y fue enviado Rafael para curar a los dos.

—TOBÍAS 3:16

Los ángeles nos traen curación al cuerpo y, cuando lo necesitamos, un sentido de dirección. Pueden ayudarnos a aclarar en un instante todas nuestras dudas e incertidumbres, porque están en condiciones de ver la totalidad mejor que nosotros; ellos ven con los ojos de Dios. Y cuando dejamos que un ángel toque nuestra vida para curarnos, también nosotros podemos convertirnos en instrumentos de curación espiritual para otros, tal como lo es Caroline.

Siempre me asombra la enorme porción de nuestra preciosa vida que podemos dejar transcurrir en este planeta sin que nunca nos preguntemos lo más importante de todo: ¿Por qué estoy aquí?

Reconozco que tampoco yo me había planteado el interrogante durante mi juventud, y por eso el Universo salió a preguntar por mí y envió a mi ángel para estar seguro de que respondería. Durante toda la década pasada he estado tratando de hacer precisamente eso, y cuanto más medito el asunto más se me induce a convertirme yo mismo en la respuesta.

Durante mi infancia nada me hacía sospechar que alguna vez me convertiría en un medio para que la gente pudiera curarse de toda clase de enfermedades y temores espirituales, salvo tal vez por el hecho de que mi padre era médico, y por lo tanto esa gente necesitada de curación se me impuso a la consideración de una manera poderosa e inmediata. En razón de que mi padre trabajaba en las Naciones Unidas, tuvimos que vivir en muchos países y ciudades distintas durante los años en que fui creciendo. Eramos miembros de la iglesia anglicana y siempre me gustó asistir a los servicios y cantar en el coro (pero no puedo decir por ello que se me hubiera ocurrido alguna vez pensar en los ángeles). Durante los veranos concurríamos a los campamentos religiosos, y siempre me sentía muy cerca de Dios cuando me rodeaba la naturaleza. Pero tampoco allí tuve nunca una experiencia de tipo espiritual.

Después de graduarme en la escuela secundaria seguí la carrera de periodismo para trabajar en forma independiente y escribir en las revistas. Me casé con un hombre de negocios de nivel ejecutivo y me dediqué a la crianza de dos niñitas encantadoras. Las llevaba a la iglesia y a la escuela dominical, y yo me sentaba junto a ellas. Vistas las cosas en forma superficial, cualquiera podía haber dicho que mi vida era casi perfecta.

Pero las dudas y las preguntas se formaban sin cesar bajo la superficie. Podía haber sido tema de lo que me sucedía una canción de moda en aquel entonces: *¿Es eso todo?* Allá por 1983, la insatisfacción y la infelicidad que padecía a causa de mi vida interior eran profundas. Cuando buscaba respuestas, advertía que todo se bloqueaba. Invoqué al Universo en busca de una explicación que me hiciera conocer por qué razón vivía, pero no pude interpretar la respuesta. La iglesia anglicana a la que había pertenecido durante toda mi vida tampoco era capaz de explicarme por qué me había traído a la tierra. Y empezaba también a darme cuenta de que hasta mi matrimonio estaba en dificultades.

Entonces me visitó una amiga de otros tiempos a la que no veía desde hacía años... y lo que me quería contar y mostrar me ayudó a que lograse enfocar mi vida.

Cuando vino a visitarme, yo no tenía proyectado compartir con ella mis dudas e incertidumbres, ni mi incapacidad para descubrir la finalidad de mi vida. Sabía que acababa de atravesar por una serie de tragedias personales terribles... Su marido la había abandonado para irse a vivir con otra mujer. Pero en lugar de sentirse ansiosa o perturbada, rencorosa o amargada, se la veía llena de energía y vitalidad, poseedora de una paz y una serenidad extraordinarias, plena de confianza en sí misma. Me resultaba imposible creer que, frente a todo aquello que le estaba ocurriendo, pudiera mantenerse tan calma. Me constaba que, si algo parecido me sucedería a mí, yo sería un caso perdido.

Hasta que por fin no pude contener mi curiosidad y le pregunté cuál era su secreto.

Me habló de una serie de cursos de meditación que había estado siguiendo y que, según aseguraba, la ayudaron muchísimo a ser positiva y dirigir su atención hacia un punto determinado. Le pregunté si estaba en condiciones de enseñarme algo de eso que había aprendido y me hizo ver algunas de las técnicas de visualización y meditación que, según sus palabras, le habían servido de ayuda. Por mi parte, jamás había experimentado nada semejante en toda mi vida y a partir de entonces me puse a estudiar yo también aquello, con la misma persona que servía de maestro a mi amiga.

A medida que fui profundizando en la meditación, empezó a crecer el control sobre mi vida y comprendí la importancia que revestían mis hechos y mis pensamientos, que estaba en la tierra por alguna razón que debía encontrar. En lugar de sentirme desorientada, se aguzaron mi mente y mi sentido del propósito que debía tener mi vida. Tomé conciencia de mi guía interior, de esa "voz apacible, pequeña" que todos tenemos, que proviene de Dios, del Universo, y que conoce cuál es la verdad respecto de nosotros. Empecé a atar todos los cabos sueltos que tenía en mi vida.

Con frecuencia me he preguntado si habría sido capaz de ver a mi ángel, de no haber estado preparada mediante la meditación seria. Quizá mi ángel hubiera intentado guiarme antes, pero yo no tenía bastante sensibilidad ni podía concentrarme lo suficiente como para reconocerlo. O también es posible que mi ángel haya enviado aquel día a mi amiga a visitarme a fin de que pudiera aprender a captar mi voz interior y contar espiritualmente con la conciencia necesaria para reconocer a mi ángel cuando lo angélico se presentara en mi vida.

Una vez iniciada mi jornada espiritual me resultó más fácil advertir las cosas que constituían serios obstáculos en mi vida. Sabía que tenía que hacer algo para limpiar a fondo mi casa. Y una de las primeras cosas tendría que vincularse con mi trabajo en los diarios. Cuanto más lo pensaba, tanto más advertía que no estaba alimentando mi espíritu... para mí, lo cual equivalía a un callejón sin salida. Me era posible captar mi voz interior diciéndome que lo abandonara, de modo que, a pesar de que no contaba con ningún otro trabajo, di el preaviso en noviembre de 1983. Y el Universo orquesta las cosas tan maravillosamente, que una jovencita a quien había estado enseñándole algo de mi trabajo estuvo lista de inmediato para ocupar mi puesto sin que se perdiera un solo compás de la partitura.

Mientras tanto, concerté una cita con mi médico, que venía tratándome por una alergia alimentaria y una infección provocada por hongos llamada moniliasis. Era un clínico ecologista, especializado en medicina ambiental y profundamente comprometido con el enfoque holístico de la persona como un todo y no sólo estudiando los síntomas o una enfermedad. Cuando le dije que pensaba abandonar mi trabajo lo consideró una buena decisión, puesto que así me liberaría de gran parte de mis tensiones y mi estrés.

Terminadas mis vacaciones, intensifiqué las tareas de meditación y pedí que se me hiciera ver el propósito de mi vida. No me dirigía a Dios de manera específica; por entonces no estaba segura de que existiera un Dios, por lo menos de acuerdo con la idea convencional y la doctrina en que había sido educada. Pero, desde luego, sabía que existía alguna clase de poder más elevado, y dediqué todos mis esfuerzos a buscarlo.

Unas tres semanas después recibía una llamada de mi médico preguntándome si podía ir a verlo sin mayores dilaciones. Durante nuestra entrevista me preguntó si estaría dispuesta a ayudarlo en su clínica. En ese mismo instante advertí que era lo correcto: siempre me habían interesado la medicina y las curaciones, y además respetaba lo que hacía mi médico para alcanzar ese objetivo. Mi voz interior me decía que aquél sería el siguiente paso en mi vida, de modo que en junio de 1984 comencé a trabajar allí.

Un año después, exactamente en junio, me tomé un fin de semana largo con aquella amiga que por primera vez me habló de la meditación. Me había llamado para decirme: "¿Por qué no vienes, así podemos pasar un tiempo juntas trabajando en cuestiones de meditación y dando largos paseos por el campo?". Aquella oportunidad de alejarme por unos días de mi nuevo trabajo y de las responsabilidades familiares me venía muy bien, de modo que acepté.

Durante todo ese fin de semana pudimos conversar y dedicamos parte del tiempo a una meditación muy intensa, en especial la meditación enfocada hacia las curaciones. Aquél era un momento muy particular para mí. Mis percepciones internas se volvían muy claras... sentía como si me encontrara de pie ante mí misma y pudiera observarme con absoluta claridad, como si mi mente o mi espíritu estuvieran en plena vigilia y a mi alrededor todo se moviera en cámara lenta. Vivía en un estado como de expectación, pero no podía precisar de qué se trataba.

Después de pasar tres días con mi amiga volví a casa y reanudé mi trabajo en la clínica, pero aquella acrecentada sensibilidad perceptiva se mantenía con toda su fuerza. Era como si pudiera ver y oír más allá que en un estado normal de conciencia. Cuando recapacito en torno de aquello, puedo ver que mi ángel me estaba empezando a preparar para lo que vendría. Yo me encontraba en un estado de extremada receptividad.

Unos días después fui a la clínica más temprano a fin de preparar los medicamentos homeopáticos para el día, ya que los primeros pacientes comenzaban a llegar a las ocho de la mañana. Siempre sentí una gran afinidad con esa medicina: había tenido ocasión de ver cómo curaba a la gente y en realidad me gustaba muchísimo preparar las recetas.

Era una clínica pequeña. Mi oficina se hallaba frente al sector de recepción, no muy grande por cierto, con los equipos de diagnóstico en un costado y la mesada que utilizábamos para la preparación de los medicamentos en el otro. En aquel momento estábamos trabajando con ciertas sustancias especiales que contribuían a reforzar el sistema inmunológico de los pacientes.

Era poco más de las siete cuando sentí que el corazón se me llenaba de una tremenda energía, se aceleraba y parecía aumentar de temperatura. Era una sensación con la que estaba familiarizada; por lo general precedía a algún tipo de comprensión o captación, lo que llamaríamos una intuición; más de una vez exactamente relacionada con la medicina, que al parecer producían esas sensaciones. Alcé la vista al presentir una presencia, y tuve la impresión de que todo el extremo de la habitación había desaparecido, y que en el mismo lugar todo parecía resplandecer. La pared del fondo, el piso, el cielo raso, todo se había desvanecido y en su lugar podía ver la luminosidad más hermosa que pudiera imaginarse. Tenía la impresión de que la luz poseía muchísima más sustancia que el resto de la habitación y que su realidad cubría todo lo que antes ocupaba ese lugar, reemplazándola momentáneamente, o que la habitación era ahora un túnel, uno de cuyos extremos se abría por completo ante aquella luz. Tan intensa era la luminosidad, que al principio apenas si podía soportarla.

Y de pie en medio de ella apareció un ser de luz vibrante, que pulsaba y se estremecía, y tenía las alas extendidas ligeramente curvadas en los extremos, como si se tendieran hacia mí para abrazarme. La descripción más apropiada de su rostro sería decir que estaba lleno de amor. Y si bien toda aquella figura vibrante estaba dotada de luminosidad, como acabo de explicar, las alas y el rostro del ángel tenían los colores propios de la aurora boreal: rosado, amarillo, verde, blanco y oro, también vibrantes como si lanzaran chispas. Se trataba de una luz muy sólida... y detrás no podía ver nada.

La estatura del ángel era grande. Aquella habitación debía medir unos 2,45 metros del piso al techo, y yo tenía la impresión de que él era más alto; tal vez llegara a medir más de tres metros. Conviene recordar que la extremidad opuesta de la habitación ya no estaba. Tuve la impresión de que el ángel era todavía más grande de lo que yo podía alcanzar a ver.

Sentí que el amor que llegaba hasta mí y alcanzaba a todo cuanto me rodeaba era algo como nunca en mi vida podía haber experimentado antes. Tuve la sensación de no estar sola, de que aquel ser estaba siempre conmigo para reconfortarme. Aquel rostro rebosaba piedad, amor, suavidad y dulzura. En toda la habitación era casi palpable una tremenda energía amorosa y yo misma me sentía plena de aquella presencia mística.

Cuando pude ver al ángel, el corazón se puso a saltar en mi pecho. Me sentí completamente azorada a la vista del ser angélico, pero la visión de ese rostro, tan pleno de amor y de paz, hacía que no sintiera ningún recelo. Y no pude dejar de pensar: ¿Por qué yo? ¿Por qué tiene que sucederme esto a mí?

"¡Ahí tienes al ángel!" Fueron palabras que penetraron en mi mente como si las hubiera pronunciado él mismo, o quizá Dios o el Universo. Pero estoy segura de que no pude oír ninguna palabra en voz alta. "¿Llevarás a cabo mi trabajo?"

Aquella pregunta me llegó al fondo del corazón, alcanzó lo más profundo de mi ser. Llevaba años buscando una respuesta. ¿Cuál era mi trabajo? No me cabían dudas de que allí estaba viendo "el otro lado" y que me comprometería a hacer lo que se me pidiera. Podía sentir también que el ángel estaba diciéndome que yo misma tendría que tratar de convertirme en alguien como un ángel en mi vida de todos los días, en la medida en que ello fuera posible, más consciente de cuán preciada es la vida en todos los momentos, más respetuosa en mi relación con los pacientes de la clínica.

Entonces mi comunicación fue: "¡Aquí estoy! Cualquiera sea el trabajo, estoy lista para hacerlo". Y una vez que hube respondido, el ángel y la luz que lo rodeaba comenzaron a esfumarse y toda la habitación recuperó su aspecto de siempre. Tengo la seguridad de que todo aquel encuentro no duró más de unos pocos minutos, quizá segundos, ya que los pacientes todavía no habían empezado a llegar, pero también creo que en los momentos en que se registran nuestros encuentros angélicos en cierto modo se nos lleva a su dimensión, lo que altera nuestro sentido del tiempo.

Esfumada la visión, seguí tan llena de luz y energía que no pude dejar de ponerme en movimiento. Sentía como si acabaran de darme una abertura al exterior, un don que me mantendría por el resto de mi vida incorporada a una maravillosa, fabulosa tranquilidad. Estaba como bañada en aquella energía, y tenía que seguir moviéndome y pellizcándome. Mis sentidos se habían aguzado en tal medida, que recuerdo haber acercado el oído a unas flores —eran aroideas— que descansaban en un jarrón como adorno del sector de recepción, y pude oír música, flautas muy delicadas sobre todo, que acompañaban a coros que parecían entonados por las mismas flores. Fue una experiencia extraordinaria.

Luego esperé a que llegaran el médico y los primeros pacientes. Durante todo el día me duró la sensación de que estaba empezando a recibir el adiestramiento que me proporcionaba mi ángel para emprender el trabajo que él me encomendara, y desde entonces no he dejado de tener la misma sensación.

Las consecuencias ulteriores de aquella visión fueron profundas, en especial en términos de mi relación con los demás. Comencé a respetar mucho más a todos los que me rodeaban: mis hijos y mi marido, los pacientes de la clínica. Comencé a entender la profundidad y magnitud de la creación y la bendición que significaba estar viviendo. Llegué a entender que debería modificar mucho mi actitud con respecto a la vida y los seres de mi entorno, que tenía necesidad de trabajar con intensidad y muy profundamente para lograr que mi vida se transformara.

Descubrí asimismo que me había vuelto muy intuitiva con respecto a los pacientes. Con frecuencia sabía de antemano qué debía hacer para que ellos se sintieran bien. Sabía qué órganos estaban afectados y si la enfermedad que padecían sería breve o prolongada. Todavía poseo ese don maravilloso y ayudo a quienes se acercan a mí en busca de ayuda, no obstante lo cual ya no trabajo en una clínica.

En 1986 sentí el impulso de dejar la clínica y establecerme por mi cuenta para realizar terapia de relajación. Para entonces había completado ya diversos cursos que me capacitaban para enseñar a relajarse. Una serie de milagros me condujo a una adorable oficina de escasa superficie y tuve muchos clientes que luego me servirían para poner a prueba las grabaciones que los ángeles me permitieron producir. Durante aquel período tan importante mi matrimonio llegó a su fin, y en mi libro *Mommy I Hurt* constan los medios de que me serví para ayudar a que mis hijos superasen ese momento inicial.

Si bien ya no volví concretamente a ver a mi ángel, el 27 de noviembre de 1987 tuve una visión merced a la cual pude crear una muñeca angelical y varias grabaciones para dar a los niños la seguridad de que todos ellos son algo especial, valioso y amado. Me desperté temprano, y cuando me incorporé en la cama, meditando, mi ángel se encargó de suministrarme la forma y tamaño que deberían tener la muñeca y la grabación, a la que luego bauticé con el título de *My Little Angel Tells Me I'm Special.* Fue algo tan vívido como estar leyendo algo escrito. Tuve una visión de niños que gritaban y se frotaban los ojos pidiendo ayuda. Y vi cómo al recibir aquellas muñecas que representaban al ángel, o al escuchar las grabaciones, sus temores y ansiedades se esfumaban.

Ese mismo día lo dediqué a la tarea de llevar la visión a la realidad. Mientras almorzaba con un amigo le confié la visión que acababa de tener y le pregunté sin ocultar mis dudas:

—¿Por casualidad sabes algo sobre muñecas?

Me miró lleno de incredulidad y ésta fue su respuesta:

—No te imaginas lo divertido que me resulta todo esto. Un amigo me dijo no hace mucho que alguien vendría a comentarme una idea para poner en práctica un proyecto destinado a los niños.

Y así fue como empezó todo; a partir de ese momento, cualquier cosa que podía necesitar en relación con el proyecto acudía espontáneamente a mí. Desde luego, hubo atrasos y se tropezó con obstáculos, pero en todas las circunstancias los ángeles vinieron siempre en mi ayuda.

Los resultados me demostraban a las claras que el proyecto era fruto de una inspiración. Tengo archivadas tantas cartas de padres cuyos hijos recibieron ayuda de la muñeca y las grabaciones, que no puedo abrigar dudas. La idea de que tengo que seguir está fuera de cuestión. Si en ocasiones llego a pensar que todo esto me fatiga o me hace sentir frustrada, no tardo en recibir una carta o una llamada telefónica que me alienta.

Nunca volví a ver a mi ángel como aquel día en la clínica, cuando acepté de todo corazón el trabajo que me encomendaba, pero estoy segura de que sigue presente para guiarme en mi vida cotidiana, de modo que sólo debo buscarlo. Cada vez que inicio una nueva grabación, experimento la sensación de que mis ángeles están junto a mí para inspirarme, para dictarme las palabras adecuadas, para ayudarme a estructurar el trabajo y distribuirlo. Cuando doy mis charlas y organizo talleres, siento su presencia y me limito a dejarlo todo en sus manos. Incluso me ha sido conferido un don para que sepa pintar los ángeles, a pesar de no haber aprendido nunca la técnica pictórica.

En lo personal, si bien la misión que cumplo ha sido tremendamente satisfactoria bajo muchos aspectos, ha significado asimismo un enorme desafío. Tuve que aprender a caminar guiada por la fe, no por la vista. Todos los días presto atención a mis voces interiores y el mensaje que recibo me insta a seguir y tener fe. Y aunque ya no tengo ayuda financiera ni de otro tipo, cosa que antes consideré tan importante, creo que he dado con la "perla más preciada": seguridad y confianza internas.

¿He sido tocada por los ángeles? Sí, sin duda, y tengo la esperanza de seguir toda la vida así, hasta abandonar esta dimensión terrena y del más allá.

Capítulo Siete
El ángel que salvó mi matrimonio

JAMES DIBELLO, Phoenix, Arizona

El cielo me ha enviado para curarte.

—TOBÍAS

La verdad suele superar a la ficción. Recuerdo una película norteamericana que se rodó allá por los años cincuenta, Forever Darling, *con James Mason en el papel de un ángel de la guarda que venía a la tierra para salvar el matrimonio de Lucille Ball y Desi Arnaz. El relato de Jack DiBello me recuerda que los ángeles suelen venir para ayudarnos a todos.*

En 1992 mi esposa Marie y yo celebramos el trigésimo quinto aniversario de nuestra boda. Criamos tres niños que se convirtieron en verdaderas alegrías de nuestra vida. Ellos, a su vez, formaron sus propias familias, por lo que ahora tenemos seis nietos aquí, en la tierra, y uno más que está esperándonos en el cielo. Y tengo la seguridad de que ninguna de las bendiciones que pude conocer habría sido posible, de no haber intervenido mi ángel de la guarda para salvar mi matrimonio en una horrible y extraña noche.

Pertenezco a una familia profundamente católica y me crié en un pueblo del Medio Oeste, junto con otros cinco hermanos. Mis abuelos por el lado materno provenían de la región italiana de los Abruzos. Como todos vivían con nosotros, en algunos momentos ocupábamos una casa verdaderamente repleta.

Todos en la familia creíamos en los ángeles, pero quiero decir que de verdad creíamos en ellos. Tanto, que mi madre acostumbraba decir que los ángeles ya se habían convertido en miembros de nuestra familia. Una de las primeras oraciones que recuerdo haber aprendido después del Padrenuestro era ésta: "Ángel de Dios, mi guardián querido, a quien el amor de Dios me ha confiado en este mundo, permanece siempre junto a mí para conducirme y guardarme, para iluminarme y guiarme". Cuando mi madre nos acompañaba todas las noches a decir la plegaria cotidiana, pedíamos que el ángel protegiera nuestro sueño.

Recuerdo que nuestra Nonna —como llamábamos a la abuela—, en determinadas fiestas y en los cumpleaños ponía un cubierto más en la ya atiborrada mesa del comedor. Estaba reservado a nuestro ángel de la guarda. En los cumpleaños, el agasajado se encargaba personalmente de preparar ese lugar extra.

Según decía la Nonna, era una manera de demostrar nuestro respeto, de dar las gracias al ángel por todo lo que había hecho por nosotros durante el último año, y pedirle ayuda para el año siguiente. Y todos debíamos apretarnos un poco más en torno de la mesa y hacer más lugar, por si el ángel llegaba a compartir nuestra comida. Y cuando concurríamos a misa todos juntos, recuerdo que mi madre nos recomendaba siempre dejar libre el primer lugar del banco para que pudiera instalarse el ángel de la guarda, también como un gesto de respeto. (De todos modos, me parece que comenzada la misa alguien venía a ocupar ese sitio, pues si la iglesia se llenaba ya aparecería alguien poco dispuesto a dejar un espacio desocupado.)

En la escuela, las monjas también nos hablaban de los ángeles. Pasábamos horas dibujando ángeles y haciendo sus ornamentos, y todos los años, cuando debíamos hacer el espectáculo propio de la Navidad, todos los chicos de tercer grado que ya no tuvieran asignado algún papel recibían sus túnicas y otros aditamentos para representar a los ángeles en el coro celestial. (Como a mí me correspondió representar a un pastor, en lugar de la túnica tuve que ponerme ropas de arpillera, y recuerdo que picaba mucho.)

Una infancia completamente común... por lo menos durante un tiempo.

Cuando cumplí los catorce, mi hermano Frank, menor que yo, empezó a sentirse enfermo. Se cansaba con facilidad y sólo podía andar dando vueltas alrededor de la casa, ya que bastaba que tocara cualquier cosa para que se lastimara. En aquella época lo ignoraba, pero lo cierto es que mi hermano había enfermado de leucemia, una forma de ese mal muy aguda y que con frecuencia ataca a los niños. En 1948 aquello equivalía a una condena a muerte... y todavía hoy creo que la curación requiere de grandes esfuerzos.

Era mi hermano preferido, recurría siempre a mí y siempre estaba dispuesto a imitarme. Yo era un chico normal, con frecuencia bastante travieso, y más de una vez Frank se vio en líos con mi madre por mi culpa, pero por lo visto aquello no le importaba. Le había enseñado a andar en bicicleta poco después de enfermar, con la esperanza de levantarle el ánimo, pero al poco tiempo ya no tenía fuerza ni para pedalear.

Por entonces yo no era un jovencito particularmente observador, así que no pude advertir aquel manto de tristeza que estaba cubriendo nuestra casa a medida que Frank se agravaba más y más. Pasaba más tiempo en el hospital que con nosotros, y la Nonna debía hacerse cargo de la familia cuando nuestros padres lo acompañaban.

Hasta que un día regresaron del hospital, llorando pero esforzándose por parecer valientes. Venía con ellos el cura de nuestra parroquia y todos nos apretujamos como para darnos fuerza cuando, lleno de solemnidad, nos dijo que el ángel de Frank se lo había llevado para que estuviera junto a Jesús. No pudimos contener el llanto y formulamos a mamá todas las preguntas que se nos ocurrieron, pero ella estaba demasiado afligida como para encontrar respuestas, y menos aún las tenía nuestra Nonna, tan dolorida por lo que estaba pasando que olvidó casi todo el inglés aprendido en los Estados Unidos y siguió hablando sólo en italiano, un idioma del que yo sólo entendía algo.

Al principio me sentí tan mal como los otros, y no pude hacer más que llorar. Pero tan pronto como las lágrimas parecieron secarse comenzó a crecer en mí una ira quemante, como si una pieza de metal comenzara a ponerse al rojo vivo para luego ir pasando por el anaranjado, el amarillo y por fin el blanco. Sentía que estaba a punto de estallar.

¿Por qué no me habían dicho mis padres que Frank iba a morir? ¿Por qué lo habían mantenido oculto como un terrible secreto? ¡Ni siquiera había tenido ocasión de despedirme de él! Me puse a llorar en silencio, y se me presentó entonces la pregunta definitiva: ese Dios en el que yo creía, ¿cómo pudo haberlo permitido? ¿Y dónde estaba su ángel? Es que, a los catorce años, una persona ya tiene suficiente edad como para formularse esas preguntas.

Desde luego, mis padres no nos comunicaron a mis hermanos y hermanas, ni a mí, la enfermedad que habían diagnosticado a Frank porque todavía no conocían hasta dónde podría llegar. En realidad, ni siquiera se lo dijeron a Frank, no le anticiparon que iba a morir, aunque él con seguridad lo presentía. Cuando lo vi, casi a punto de dejarnos, me pareció muy pequeñito en medio de aquella cama de hospital que, por contraste, parecía enorme, con la cruz bendecida colgada en la pared. En un brazo tenía inserta una aguja para la aplicación de suero y medicación endovenosa, una máscara de oxígeno que parecía muy incómoda aplicada sobre su nariz, y, al lado de la cama, un inmenso tubo de oxígeno.

¿Por qué has permitido que pase esto, Dios?, seguí preguntando, enojado como no recordaba haberlo estado nunca en mi vida.

Pero el Señor no me respondió. Sentí como si toda la fe y la confianza de mi infancia acabaran de desvanecerse en medio de una pesadilla.

¡Te odio, Dios!, grité en medio del llanto, y seguí haciéndolo durante los días y noches que siguieron a la muerte y el funeral de Frank. Y también odié al ángel de mi hermano. Qué cosa más estúpida había sido creer en esas cosas. Y la ira seguía creciendo, hasta que tuve la sensación de que quería terminar con todo aquello y con quienes me rodeaban.

Se dice que todos atrevesamos un período de rebeldía cuando entramos en la adolescencia. Me consta que es así por haberlo visto en mis propios hijos. Pero en el caso de ellos, la rebeldía parece presentarse cuando comparan sus aspiraciones y deseos con los de Marie y míos. Ponían a prueba los límites que se les fijaban, y cuando cuestionaban alguno de ellos, todos nos sentábamos a discutirlo y presentábamos nuestros puntos de vista, con lo que la familia se mantenía tan unida como antes.

Sin embargo, a mi parecer, la rebelión operada en mí difería de la que podía advertir en otros jovencitos de mi edad. La desaparición definitiva de mi hermano Frank desató en mí una ira que me resultaba imposible controlar, una rabia contra todo cuanto no alcanzara sus objetivos, o no pudiera llegar a la perfección, o se viera cercenada a poco de llegar a la cumbre. No conocía en aquel entonces la sentencia que dice: "El momento de la rosa y el momento del árbol de ligustrina tiene la misma duración", y tampoco estoy muy seguro de que habría podido comprender su significado de haberlo oído en aquel tiempo. Me sentía impulsado, hasta obsesionado, por lograr cuanto pudiera, haciendo todo lo debido y con tanta perfección como fuera posible.

Cuando murió Frank yo cursaba el octavo grado en nuestra escuela parroquial. Sin embargo, al pasar al secundario, tendría que ir olvidándome de los consagrados claustros de las escuelas católicas para ingresar en un mundo radicalmente distinto del nuestro. Esa diferencia no es tan grande en nuestros días, pero en 1950 las escuelas católicas representaban para muchos el compendio de toda la educación moral y la escolástica más estricta. Se decidía por uno las prendas que vestiríamos, lo que debíamos hacer cada día, y nuestras actividades en general... con escasas diferencias individuales. De modo que vernos lanzados de repente a los colegios secundarios públicos, con cientos de estudiantes provenientes de todos los rincones de la ciudad; tener que tomar nuestras decisiones acerca de qué ropa ponernos, qué cursos elegir, a qué instituciones o clubes asociarnos, nos atemorizaba a casi todos... y en cuanto a mí, era como verme arrojado a los leones. Odiaba todo aquello, pero, claro, para entonces yo ya odiaba casi todo y a todos.

Mis dificultades se iniciaron durante el funeral realizado en nuestra casa cuando enterraron a Frank. Había pasado todo aquel día hirviendo de indignación, pero sin haber tenido ocasión de conversar con mis padres. Por fin, bien entrada la tarde, cuando todos nos reunimos para rezar el rosario, simplemente me puse a llorar en forma histérica debido a la tensión que estaba sufriendo. Y mi padre me tendió los brazos para estrecharme contra su pecho o tal vez incluso me palmeó suavemente la espalda para arrancarme de la histeria. Como respuesta a esa demostración de cariño, le lancé un fuerte puñetazo que lo alcanzó en plena mandíbula. Antes de que él pudiera empezar siquiera a reponerse de la sorpresa, me puse a gritar en forma casi incoherente lo que entendía que había sucedido con Frank y a reprocharle que no me hubiera informado acerca de su gravedad. Provoqué un alboroto tan grande que hasta se pensó en llamar a un médico.

Mi padre se repuso del feo tajo que le hice en un labio y observaba su ojo amoratado sin que nadie hiciera el menor intento por castigarme, no obstante lo cual mi iracundia no cesaba. Durante aquel verano entre la finalización de la escuela y el ingreso en la secundaria estuve lanzando golpes contra todo lo que se ponía a mi alcance. Perdí a mi mejor amigo después de darle una serie de golpes sin motivo alguno, aduciendo que no me pagaba por haberle cortado el césped de su casa. Arranqué casi todas las flores del jardín de mi madre. Mi padre me compró una pelota de boxeo, pensando que eso me ayudaría a descargar mi furia. Pasé una semana lanzando golpes contra aquel artefacto tan utilizado por los púgiles.

Cuando llegó el otoño me había convertido en un volcán a la espera de la menor oportunidad para explotar. Mis padres se reponían lentamente del dolor causado por la pérdida de Frank y empezaron a comprender que me encontraba en serias dificultades. Pero papá estaba mucho tiempo fuera de casa por razones de trabajo, la Nonna no era precisamente la persona más indicada para cuidar de nosotros y, desde luego, no podía ayudarme. Así que, cuando empezó a hablarme de Jesús, los ángeles y el cielo, le volví la espalda. Y cuando llegó el día de mi cumpleaños y, de acuerdo con la costumbre, se suponía que pondría la mesa dejando un lugar para mi ángel de la guarda, tiré el plato contra la ventana de la cocina y rompí ambas cosas, con gran ruido.

Todavía no alcanzo a entender cómo pude pasar los años del colegio secundario. He visto personas mayores que yo, pero no tan tensionadas, morir por fallas cardíacas. Intervine en encuentros de fútbol y de lucha, y era tanta la agresión que desde el principio puse en evidencia, que pronto estuve a punto de que me expulsaran del equipo del colegio a causa de mi violencia, y quise convertirme en el mejor atleta en mérito al puro esfuerzo. Después de unas pocas lecciones aprendí por lo menos el estilo de los más pesados, recibí mucho castigo, tuve que cambiar de táctica, que consistía en golpear a todos, y me animé a enfrentar sus conocimientos en la materia.

Siempre fui un buen estudiante, dotado de una especie de memoria fotográfica y con un oído particularmente apto para entender idiomas extranjeros. Es posible que esto último se debiera a que estaba habituado a escuchar en mi casa tanto italiano como inglés, o poco menos. Además, en la escuela parroquial había tenido un par de años de latín. Uno de los consejeros escolares, que parecía haber comprendido mis problemas y mi sufrimiento interior, me recargaba haciéndome estudiar más que a otros, y yo siempre estaba decidido a tener éxito. Leí con la misma compulsión con la que practicaba lucha y, cuando por fin me gradué, era el tercero en una clase de cerca de quinientos alumnos (y, por supuesto, odiaba a esos dos que me habían aventajado). Logré distinciones en doce deportes y el premio del colegio a la excelencia en latín y alemán. Por si fuera poco, conseguí asimismo una beca para la universidad estatal.

Pero a pesar de todo, aquella vieja furia no se

desprendía de mí, aunque desde luego ya no lanzaba los platos por las ventanas. Era algo que se había transformado para convertirse en el combustible de una pasión que me movía a ser perfecto en todo. Llegué a plantearme objetivos imposibles, y pagué algún precio incluso cuando tuve éxito. Recuerdo que aquel verano, antes de iniciar los estudios universitarios, conseguí un trabajo temporario como vendedor, donde sólo cobraba comisiones por lo que vendía. Pero en ese verano conseguí ganar de ese modo más que lo cobrado por el mejor de los vendedores de aquella casa en seis meses. ¿Qué cómo pude hacerlo? Durante siete días por semana, de la mañana a la noche, salía en busca de todas las posibilidades, impulsado siempre por aquel demonio de la ira que no me abandonaba.

Cuando el verano se acercaba a su fin, conocí a Marie. Acudió a la puerta cuando llamé, soportando todo mi encendido discurso acerca de las herramientas y artefactos que intentaba venderle, y me bastó poner los ojos en su linda carita redondeada, con aquellos grandes ojos castaños y sus pecas, para enamorarme de ella. No creo haber hecho nunca nada ni la mitad de tan apresurado, o como se lo quiera llamar, pero lo cierto es que ahí mismo le declaré mi amor.

Marie se echó a reír, pero yo sabía que no se reía de mí sino de lo extraño de aquella situación. Allí estaba yo, de rodillas, declarándome, con unas cuantas piezas de batería de cocina en una mano y un enchufe eléctrico muy retorcido en la otra, y no recuerdo haberle dicho siquiera cómo me llamaba.

Y así, un par de años después, al terminar el segundo año de la universidad, nos casamos. Teníamos sólo veinte años. Desde aquel día en que conocí a mi Marie, no he vuelto a poner los ojos en otra mujer. Ella era mía y yo debía ser suyo... Se trataba de una actitud que entonces estaba adquiriendo hacia la vida en general. Nunca se me ocurrió preguntarle si ella quería pertenecerme.

Durante los dos años que siguieron vivimos con su madre —no había sitio en casa de mis padres—, mientras terminaba de graduarme en economía además de obtener una asignatura secundaria en alemán. Fuimos felices durante un tiempo. Marie trabajaba en una gran tienda, y cuando yo no asistía a clase o estaba estudiando, seguía haciendo ventas para la misma empresa, aunque ahora trabajando en una oficina. Los dos nos esforzábamos por ahorrar todo el dinero posible y en el menor tiempo, con el propósito de comprarnos nuestra vivienda. Allá por los años sesenta no era muy difícil para una pareja joven conseguir casa propia. De modo que gracias a mi matrimonio y a la distracción que me procuraban los estudios y el trabajo, mi enojo consiguió algo así como una válvula de escape.

Después de graduarme, una importante empresa dedicada a exportaciones e importaciones me ofreció un buen empleo. En vista de que hacíamos muchos negocios con Alemania, mi conocimiento de esa lengua me sirvió de mucho. No pasó mucho tiempo antes de que empezáramos a comerciar con el Japón, y la firma me costeó un curso acelerado de japonés. Cuando cumplí treinta años era vicepresidente de la empresa, y con Marie éramos padres de tres preciosos chicos, además de tener una hermosa casa propia. Ella habría querido tener más, pero yo me negué y con eso dimos por terminado el asunto, tal como yo esperaba.

Para entonces, aquella ira de mi infancia se había convertido en una ambición ardiente de que se me conociera en todas partes. Llegué a sumergirme tanto en los negocios que a menudo pasaba días fuera de casa. Diría, literalmente, que estaba viviendo en la oficina, consumiendo café rancio a las dos de la mañana y lavándome la cara en el enfriador de agua. Cuando estaba unas horas en casa, me sentía tan cansado que apenas prestaba atención a mis hijos o a mi mujer. Carecía de amigos, no hacía vida social alguna ni me interesaba nada fuera del trabajo. Vivía y respiraba por y para mis ocupaciones, y en aquel tiempo creía sinceramente que todo eso me gustaba. Lo único que despertaba mi interés era aquella ambición que me consumía. Nunca pude advertir siquiera que Marie y yo estábamos llegando a la separación a causa de aquella obsesión que me devoraba.

Durante el fin de semana de Pascua de 1969 mi vida se partió, desenmarañándose con la velocidad de la luz. Estaba en casa tascando el freno, sin trabajo que hacer, sin necesidad de ir a la oficina.

Caía la tarde, y ni siquiera tenía idea de dónde podrían estar los chicos. No me había dado cuenta de que Marie no había vuelto de misa con ellos.

Marie entró en mi pieza de trabajo, donde me encontraba estudiando una propuesta completamente olvidable, y sin ningún preámbulo me anunció:

—Jack, voy a dejarte. Creo que voy a pedir el divorcio.

Yo no le prestaba atención y sus palabras resbalaron sobre mí como si estuviera oyendo llover, así que tal vez le haya contestado que estaba ocupado o que volviera más tarde, pero de pronto capté lo que mi mujer acababa de decirme. Tanto me impresionó, que no pude contestar.

Marie siguió hablando en tono muy solemne, exponiendo el desastre que había significado para ella vivir cinco años con un marido que casi nunca estaba en casa o que, cuando estaba, se había vuelto frío y calculador, que parecía haberla excluido de su vida, olvidándose también de que tenía tres hijos que ahora apenas sabían quién era su padre. Una por una fue enumerándome todas las veces que había intentado hacerse oír, para encontrarse con que yo le volvía la espalda.

—Ya llevé a los chicos a casa de mamá y te dejo para reunirme con ellos. De ti depende ahora que alguna vez volvamos. —Y así se fue, sin agregar palabra.

Durante un instante tras su salida no supe qué hacer, me limité a permanecer allí sentado. Yo, tan locuaz y elocuente en tres idiomas, que recorría el mundo entero haciendo negocios, no pude decir ni pío.

Entonces algo estalló en mí. Fue como si se repitiera todo el episodio de la muerte de mi hermano y que yo me enterara cuando ya era demasiado tarde. Me encaminé a la cocina en busca de mi calmante de siempre: una botella de whisky. La saqué del armario, la puse sobre la mesa mientras la destapaba para servirme un trago. Y en ese preciso instante me encontré con que, de manera sistemática, a medida que iba sacando vasos del armario, los arrojaba con fuerza contra la pared, la heladera o la cocina. Después me puse a hacer lo mismo con los platos más finos de la vajilla, y a los pocos minutos me encontré con que estaba rodeado de escombros. Había a mi alrededor pedazos de vidrio, latas desparramadas, diversos utensilios de cocina que habían volado por el lugar cuando me invadió la ira. ¿Cómo se atreve a meterse en mis cosas? ¿Cómo es capaz de hacerme esto? ¿Qué va a pensar ahora el presidente de mi empresa? ¿Qué diré para explicarlo?, pensaba, mientras todos aquellos objetos volaban por la cocina y se estrellaban contra cualquier obstáculo.

Hasta que llegué al último estante de la alacena, donde guardaba algunos platos que mi madre nos había regalado hacía algunos años. Eran los mismos que se usaban en casa cuando yo era un niño y me trajeron recuerdos de mi hermano, tan dolorosos y tristes, que sentí deseos de echarme a llorar. Extraje la pila de platos, la deposité sobre la mesa y uno por uno los fui destrozando. Pero cuando quedaba uno solo, no pude levantarlo de allí. Juro por Dios que parecía pegado a la mesa. Con ambas manos intenté desprenderlo, pero todo fue inútil.

Fue en ese momento, mientras permanecía delante del plato como un búfalo acorralado, bufando, piafando, con la cara y las manos tajeadas por los trozos de vidrio y loza, cuando oí una voz, una voz muy gentil, llena de piedad, que me decía: "Jack, hazme sitio en la mesa. Hazme un lugarcito allí".

El estremecimiento de terror que me recorrió el cuerpo en ese momento no puedo ni intentar describirlo. Solté aquel plato que infructuosamente estaba tratando de levantar de la mesa y miré hacia abajo. En ese momento, sin que nada me lo anticipara, creía oír la voz de la Nonna diciéndome: "Jack, no te olvides nunca de dejar un sitio para tu ángel de la guarda", tras lo cual agregaba que debía preparar allí su cubierto. Recordé también la muerte de Frank y mi juramento de que jamás volvería a dejar un sitio para Dios, ni para mi ángel ni para nadie. A continuación, me senté en una silla y lloré mis temores, mi iracundia y mis heridas hasta que horas y horas después, mi cabeza pareció hacerse polvo y ya no pude gritar ni llorar más.

Por último me levanté, fui a remojarme la cara y me soné la nariz. Sólo entonces advertí el estropicio que acababa de hacer en la cocina. Todo estaba hecho añicos. Los estantes y armarios estaban vacíos,

lo mismo que el refrigerador. Por todas partes podían
verse las salsas derramadas por haber roto sus recipientes,
y la superficie de la mesa y la cocina desbordaban
de mermeladas. El tablero de vidrio de una de las
puertas había desaparecido y sus restos podían verse
hechos trizas por el suelo. También había trozos de
cristal de los vasos que había estrellado contra el
piso presa de furia, y me sangraban las manos a
causa de varias heridas que tenía. En un lugar había
sangrado tanto, que los coágulos terminaron pegándome
los dedos.

Pero sobre la mesa, completamente limpio y
sin una rajadura, pude ver el plato que se negaba a
despegarse. Y mientras lo observaba volví a oír la
misma voz: Jack, no dejes de hacerme un sitio en
tu mesa.

Puedo jurar que oí aquella voz con absoluta
normalidad. Me llegaba desde todos los rincones y
jamás había oído una voz tan hermosa, sólo comparable con la de la soprano más excelente del mundo
entonando canciones.

—¿Quién eres? —atiné a preguntar.

—Tú me conoces, Jack. Sólo hazme un lugar
en tu mesa.

Después de aquellas palabras, la voz se esfumó.

Claro que sabía de quién era la voz... Era la de
mi ángel guardián. Ahora creo que durante todos
esos años había estado tratando de hablarme, de
llegar hasta mí a través de toda mi iracundia y mi
descreimiento, pero sólo pudo alcanzarme cuando

hube llegado al extremo de la cuerda. Por muy aturdido y pasmado que pudiera encontrarme en aquel momento, de inmediato reconocí la voz.

Casi sin pensarlo me puse a limpiar la mesa. Entonces pude levantar el plato sin ninguna dificultad y lo puse en el extremo donde me sentaba yo durante las celebraciones. Recuperé un cuchillo, un tenedor y una cuchara y deposité todo aquello junto al plato, sin olvidarme de agregar una servilleta y un vaso de aluminio salvado de mi estallido de furia. Después limpié una silla y la puse frente al plato. Creo que en ese momento dije: "Aquí tienes, ángel, puedes tomar asiento".

Me senté en mi silla observando mi trabajo, el único lugar limpio en toda la cocina, y sentí que me invadía la paz más increíble, y que esa paz inundaba mi ser. No puedo decir que alcancé a ver al ángel sentado ante aquella mesa y menos aún que tomamos juntos una taza de té. Pero advertía su presencia tal como antes había oído su voz. Incliné la cabeza y recé aquella oración aprendida en mi infancia: "Angel de Dios, mi querido guardián...".

Cuando terminé la plegaria me puse a conversar con mi ángel de la guarda acerca de todas las cosas ocurridas en mi vida. Y sobre todo de Marie, que me había dejado llevándose a los niños. Estuve hablando más de una hora, sin detenerme. Y experimenté la extraordinaria sensación de que mi ángel estaba allí, prestándome oídos, aunque no pudiera verlo. Y también tuve la sensación de que estaba diciéndome no sólo que debía cambiar, sino que podía hacerlo, que ya no existía aquella ira que tanto había torcido mi vida.

Comenzaba a amanecer cuando pude oír el ruido de la llave en la puerta de calle, forcejeando en la cerradura. Era mi Marie. Mientras abría la puerta, con el borde iba empujando aquellos restos de vidrios y loza que sembraban el piso. Se quedó mirándome, primero a mí, después los destrozos de la cocina, horrorizada; entonces cruzó la corta distancia que nos separaba y me echó los brazos al cuello, llorando al mismo tiempo que yo. Me explicó que esa noche no había podido dormir y luego agregó: "Hasta que por fin me pareció oír una voz que me decía: 'Jack te necesita, Marie'. Y siguió repitiendo aquello una y otra vez, con voz muy suave. De modo que decidí venir".

Mi agotamiento era extremo, tanto, que de nuevo me sentía como un chiquillo, alguien que tenía más necesidad de que lo guiaran que de guiar a otros. Marie me sacó de allí para llevarme al baño, donde me lavó la sangre de las manos y me vendó algunas heridas. Después me acostó sin decir palabra, y me quedé dormido como un bebé hasta cerca del mediodía.

Cuando desperté me sentí desorientado, como si acabara de pasar la peor pesadilla de mi vida. Luego me miré las manos, tan lastimadas, y recordé todo lo sucedido. Salté de la cama para correr a ver cómo había quedado aquel campo de batalla en que se había convertido mi cocina. Todo estaba limpio y reluciente, salvo por la roturas de algunos cristales de puertas y ventanas y las paredes con marcas de raspaduras recientes. Marie, con cara de cansada, pero en paz, me sonreía.

—Jamás habría pensado que fuera posible hacer tanto desastre si no lo hubiera visto en persona. Me llevó horas volver a dejarlo todo en orden. Llené varias bolsas con los restos.

Cuando esbocé apenas una disculpa, sacudió la cabeza:

—Después hablaremos de eso, Jack. Sólo dime una cosa: ¿Por qué rompiste todo lo que había en la cocina y después te tomaste el trabajo de preparar la mesa?

Mi respuesta fue la esperada:

—Marie, tengo algo que decirte.

Cuando terminé mi relato, Marie permaneció en silencio, como observándome, hasta que volvió a hablar:

—Por alguna razón, te encuentro diferente, Jack. Ha desaparecido la tensión; te noto relajado como nunca.

—Tal vez te parezca tonto lo que voy a decirte —fue mi respuesta—, pero quiero que desde ahora este lugar siga siempre preparado. No quiero que vuelvan a sacarse el plato ni los cubiertos de la mesa. Si mi ángel no hubiese acudido a mí anoche, no sé qué podía haber pasado. Tan desesperado me sentía, que quizás habría tomado un cuchillo para darme muerte con él. Quiero agradecerle y recordar siempre algo que supe desde niño, pero después olvidé.

—Eso es algo que podremos arreglar —respondió ella con una sonrisa.

Lo de aquella noche tan extraña ocurrió hace más de veinte años, pero sus efectos han permanecido en mí para siempre. Me tomé unas breves vacaciones —Dios sabe que llevaba acumulados días de vacaciones como para diez personas— y las aproveché para visitar Alaska con mi mujer, el primer viaje desde nuestra luna de miel. Mantuvimos larguísimas charlas y pronto descubrí que todas mis prioridades cambiaban, y para mejor. Con la ayuda de Dios, Marie y yo reconstruimos nuestra relación sobre la base del cuidado mutuo y el amor, libre de compulsión y más todavía de ira. En última instancia dejé aquella empresa en la que trabajaba desde mis días del colegio secundario —no quería ni necesitaba seguir soportando aquel estrés— y me instalé por mi cuenta trabajando fuera de casa. Sigo siendo un hombre muy amigo del trabajo duro, pero ahora lo hago con placer, porque no es el fruto amargo del enojo ni la alienación.

Y aquel viejo plato, lo mismo que el vaso de aluminio lleno de abolladuras, los cubiertos y la servilleta, siguen sobre la mesa al cabo de más de dos décadas. Constituyen la promesa, hecha a mi ángel y a Dios, que me lo envió esa noche, de que siempre serán bienvenidos a mi mesa.

Capítulo Ocho
Caminando con los ángeles

MARTHA POWERS, Columbia, Carolina del Sur

Porque esta noche ha estado conmigo el ángel del Dios del cual yo soy, y al cual sirvo... —HECHOS 27:23

Hay personas que guardan como un secreto muy íntimo el hecho de haber sido alguna vez tocados por los ángeles. Pero hay otras que sienten la necesidad de referirse a sus experiencias y de compartirlas con las demás en diversas formas. El relato que hace Martha acerca de cómo inició algo relacionado con los ángeles se aparta mucho de lo común.

Durante toda mi vida he sentido la presencia de los ángeles a mi alrededor, apoyándome, protegiéndome e inspirándome. Algunos de mis más vívidos recuerdos de la infancia se refieren a ángeles de Dios, acudiendo a mí para curarme y hasta para jugar conmigo. Incluso ahora, cuando no los veo de la misma manera que en aquellos tiempos, suelo tener la sensación de que me aman y me brindan su ayuda en forma directa, inspirándome a fin de que haga conocer al mundo cuál es la obra que ellos realizan.

A comienzos de la década del cuarenta yo era una niña que integraba una familia de doce hijos, sureña, dedicada al cultivo de un sector rural en Carolina del Sur. Conocí desde muy chica diversos aspectos del cultivo del algodón, así como todas esas tareas que forman parte de la vida de cualquier chico campesino.

Éramos protestantes, firmes creyentes en las palabras de la Biblia. Recuerdo que mi madre acudía con gran frecuencia a los oficios religiosos; leía mucho la Biblia y lo mismo hago yo, hasta el día de hoy. Para mí es un libro muy importante y creo en lo que nos dice.

Pude ver a mis ángeles cuando tenía sólo cinco años. En esa época me había arrollado un coche y mis heridas eran bastante serias. La peor era una fractura de huesos del cráneo... en realidad, tenía partes tan deprimidas que podría decirse que eran orificios, y permanecí tres semanas en coma. Según los médicos, era difícil que pudiera sobrevivir.

Pero me sostuve, y cuando al fin recuperé el conocimiento vi a mis ángeles por primera vez. Me asusté mucho al despertarme en una cama que no conocía y en una habitación extraña, pero ellos se aproximaron a mí para decirme que no debía temer, que me pondría mejor. Después de salir del coma y comenzar a recuperarme, por primera vez vinieron a mi salita del hospital para jugar conmigo. Yo no podía abandonar la cama, pero los veía a mi alrededor y hasta los tocaba, y me parecía que en espíritu hacía caminatas con ellos entre las nubes. Me hicieron compañía durante todo el tiempo que duró mi prolongada convalecencia.

Lo que más recuerdo de ellos es la velocidad con que podían desplazarse. Era como si se trasladaran de un punto a otro en un abrir y cerrar de ojos. Y por la apariencia se diría que eran transparentes, luminosos y frágiles como una burbuja de jabón. Eran además muy brillantes, de largos cabellos que ondeaban al viento. En ocasiones llegaban a sumar alrededor de una docena y otras veces sólo veía a dos o tres. Pero no creo que entonces eso pudiera preocuparme demasiado; cuando se tienen cinco años lo más probable es que se tienda a aceptar las cosas tal como son, sin poner en juego un gran sentido crítico.

A partir de ese momento, mucho después de haberme restablecido y reanudado mi vida normal, pude jugar con los ángeles. Y a medida que crecía empecé a sentir su presencia y su ayuda en diversas formas.

Recuerdo una clase en la escuela bíblica, cuando estaba en segundo grado. Se suponía que debíamos volver a casa una vez terminada la clase, sin mayores dilaciones, porque mamá no quería que anduviéramos solos por la calle a esa hora. Yo tenía que hacer un camino bastante largo, de unos dos mil quinientos metros, y el regreso a casa no dejaba de tener sus peligros. Pero con frecuencia prefería quedarme más tiempo, porque la escuela bíblica presentaba proyectos muy novedosos, distintos de los de otras escuelas, y eso me interesaba mucho. Por eso le pedía a Dios que me enviara a sus ángeles para acompañarme en el regreso a mi casa, pues así los sentiría junto a mí y no abrigaría temores.

Me acostumbré a pedir ayuda a mis ángeles para todo lo que necesitaba y ellos nunca me fallaron. Cuando tenía alrededor de doce años, mi gran deseo era concurrir a la escuela bíblica de verano que funcionaba en nuestra iglesia. Comenzaba en junio. Pero había bastante trabajo para mí en la granja y, además, llegaba la época de cuidar el algodón, según me contestó mi padre. Pedí y rogué que me dieran permiso, pero mi familia insistió en que las tareas del campo eran más importantes, y así se dio por terminada la cosa.

Por mi parte, la última noche antes de que se iniciaran aquellas clases, subí a mi cuarto, me arrodillé y pedí a Dios que los ángeles hicieran posible mi concurrencia a las clases bíblicas. Hice a Dios y mis ángeles el siguiente pedido con la promesa consiguiente: "Haz que llueva mucho durante toda la mañana, lo suficiente como para que pueda asistir a la escuela, y que la lluvia cese después, para que durante la tarde pueda ayudar en las tareas de la granja".

A la mañana siguiente, bien temprano, escuché el informe meteorológico. De acuerdo con las palabras del anunciador, no había lluvias previstas. Pero me puse a rezar y rezar y, justo antes de que pudiera contar con el tiempo suficiente para ir a la escuela bíblica, se largó a llover; y llovió copiosamente, como si fuera la última vez que caería agua sobre la tierra. Bajo la lluvia no se podía trabajar en el algodón con los azadones, de modo que mi madre me dio permiso para que fuera a la escuela.

Volvimos alrededor del mediodía y para entonces había aclarado, teníamos todo el cielo despejado y parecía que ya no llovería más. Pasé toda aquella tarde trabajando en el algodón, tal como lo había prometido a mis ángeles.

Al día siguiente mi padre nos dijo que, en vista de que parecía que íbamos a tener un día excelente, no iríamos a la escuela bíblica. Cuando hizo el anuncio, aclarando que tendríamos mucho que hacer, volví a correr a mi habitación, mi rincón favorito, me puse de rodillas y recé para pedir a Dios que enviara a sus ángeles en mi ayuda. Diez minutos después pude oír claramente un trueno, y a poco volvió a descargarse la lluvia, tan intensa como el día anterior. Así que pudimos ir por la mañana a la clase y trabajar por la tarde, cuando el tiempo mejoró. Lo mismo siguió repitiéndose toda la semana.

Recuerdo que el jueves por la noche el comentarista

de la radio dijo que el tiempo parecía haber enloquecido en esos días, con tormentas y lluvias que se descargaban sobre sectores muy pequeños de la zona a pesar de que los pronósticos indicaban buen tiempo. Pero cuando terminó su anuncio dijo que, por lo menos para los dos días siguientes, el pronóstico del tiempo era excelente. De modo que nuestro padre volvió a asegurarnos que desde temprano trabajaríamos en el campo, tras lo cual se fue a dormir. Decidí que no podía hacer nada mejor que ponerme a rezar con más fervor que en las noches anteriores, plenamente seguro de que los ángeles no me abandonarían.

Cuando desperté, sin embargo, pude ver que el cielo estaba despejado y brillaba el sol como pocas veces. De todos modos, me vestí como para ir a la escuela y mi madre me indicó que debía volver a mi cuarto y cambiarme para salir a trabajar. De nuevo me puse de rodillas y volví a rezar. Casi diría que estaba un poco enojada con mi ángeles cuando les dije: "Tienen que hacer que llueva. Precisamente hoy íbamos a tener una fiesta en la escuela bíblica, así que van a tener que sacarme de este embrollo. No pueden hacerme trampas. Y además, ¿cómo voy a terminar mis proyectos si falto a la escuela?".

Y en aquel momento, tan súbitamente como el sol se había puesto brillante durante la mañana, el cielo se cubrió de nubes; y recuerdo que pocos segundos después estaba lloviendo, no mucho esta vez, pero lo bastante como para que nuestros padres nos dieran permiso para ir a la escuela. Había aclarado cuando volvimos al mediodía, de modo que reanudamos las labores del campo. En esa forma los ángeles estuvieron ayudándome para que pudiera asistir a aquella escuela durante el verano... y de paso también se cosechó el algodón.

Lo cierto es que llegué a depender de la ayuda de mis ángeles. Me sucedía como a mi madre, que disfrutaba tanto concurriendo a la iglesia, pero no siempre era tan fácil. Mi padre trabajaba en el tercer turno de la desmotadora de algodón del pueblo, de modo que debía dormir por la tarde, lo cual significaba que no podía acompañarnos al servicio vespertino. Ya dije que debíamos caminar unos dos mil quinientos metros, y mamá no nos dejaba hacer ese recorrido, menos aún en la oscuridad; por consiguiente no podía asistir sin contar con una persona que nos llevara en su auto. El problema estaba en que no teníamos teléfono en esa época, lo cual me impedía pedir el favor a alguno de nuestros vecinos.

Pues bien, otra vez me fui al dormitorio y pedí a Dios que enviara a sus ángeles para que me resolvieran la situación, tras lo cual me vestí como para ir a la iglesia y me senté a esperar. Mis hermanas me trataron de loca y me aconsejaron no bajar vestida en esa forma.

Por mi parte, les repliqué:

—Se equivocan, y lo mejor será que se pongan la ropa de los domingos para acompañarme a la iglesia.

—Estás más loca que una cabra, no vendrá nadie a buscarte para que vayas en auto —aseguraron a coro.

Les reiteré mi seguridad de que los ángeles seguirían acudiendo en mi ayuda, enviados por Dios. Y, tal como lo esperaba, a las seis menos cuarto de esa mañana apareció en el fondo de la larga carretera que conducía a mi casa el consabido automóvil. Era uno de nuestros vecinos que, asomando la cabeza por la ventanilla, nos dijo que andaba dando vueltas por ahí cerca y se le ocurrió que podía encontrar a alguien que tuviera necesidad de ir a la iglesia. Y es lo que hice, puesto que ya estaba preparada.

Fue algo que se repitió más de una vez. Siempre que necesitaba ir a la iglesia y no tenía medios para hacerlo, parecía que mis ángeles se acercaban a mí para ayudarme.

A medida que crecía, cuando llegó la hora de casarme y luego de educar a nuestros hijos, cada vez que necesitaba alguna ayuda fuera de lo común rezaba con todo fervor y mis ángeles acudían en mi ayuda. Incluso algunas veces venían a socorrerme cuando yo ni siquiera lo sabía.

Recuerdo una noche que dormía profundamente. Mi hijo Michael, que entonces acababa de cumplir doce años, estaba con los boy scouts en un campamento distante unos treinta kilómetros de nuestra casa, donde pasaría la noche. De pronto vino a despertarme mi ángel nocturno diciéndome que mi hijo me necesitaba. Eran las dos y media de la madrugada. Me incorporé de inmediato en la cama y por segunda vez pude oír las palabras del ángel. Cuando le pregunté qué le pasaba a Michael, se limitó a decir: "Tiene mucho frío y está enfermo".

Así que me levanté de la cama, me vestí y me eché encima un abrigo, tras lo cual emprendí el largo viaje hasta el campamento. Comenzaba a llover, el frío era intenso y yo estaba muy mojada. Cuando llegué al campamento encontré a Michael, que en efecto tenía frío, tiritaba y estaba enfermo. Las ropas del muchacho se habían empapado cuando armaban la carpa bajo la intensa lluvia. Pero lo peor era que había contraído paperas y tenía muy hinchada la garganta. En realidad era urgente que volviera a casa, donde podría ponerse ropa seca y meterse en una cama bien abrigada. Las paperas eran serias, pero me constaba que podía haber estado más grave de no haber recibido yo aquel aviso de mi ángel para que de inmediato fuera en su busca, para arrancarlo del frío y la lluvia.

Cuando mis hijos fueron creciendo, descubrí que mis ángeles me ayudarían a mantenerme informada sobre lo que hacían. Ya sé que la gente dirá que se trataba pura y simplemente de lo que se conoce como instinto maternal, pero había algo más. En verdad podía oír la voz de mis ángeles diciéndome lo que hacían o pensaban hacer mis hijos, o lo que dejaban de hacer. Yo tenía conocimiento —que supiera— de tres ángeles, aparte de los que según creo, se me asignaron para cuando inicié mis labores, incluyendo mis negocios.

He descubierto que es muy importante invocar a nuestros ángeles. Por la sencilla razón de que ni ellos podrían ayudarnos tanto como desean, si nosotros no los invocáramos. Todos nosotros más de una vez nos hemos quedado cortos, sin alcanzar nuestro objetivo, por no pedirles ayuda. Los ángeles están aquí para socorrernos en aquellas cosas que no podemos hacer solos. Y me refiero a las cosas sobrenaturales, no a las comunes. Por ejemplo, hay mucha gente que suele decir: "Yo estoy tranquilo porque tengo apostado en la puerta de casa a mi ángel guardián, de modo que ni me preocupo por cerrar con llave cuando salgo". Sin embargo, no es ésa la responsabilidad de los ángeles. Por el contrario, se supone que cada uno de nosotros debe preocuparse por la protección personal de sus bienes terrenales.

Por cierto que a los ángeles les agrada sobremanera poder ayudarnos. Es su misión, y cuanto más los dejamos hacerlo, más felices son. Les gusta realizar cosas que nos ayuden.

Mi vida encaró otros rumbos cuando mis hijos fueron grandes. Puse en marcha un negocio de joyería al que llamé Ángel World, con broches que representaban ángeles guardianes y tenían por finalidad recordar a la gente que todo el mundo cuenta con los suyos. Y la manera en que se inició el negocio y cómo se lo hizo funcionar constituyó uno de los trabajos especiales cumplidos por los ángeles en mi vida.

Todo empezó allá por 1976.

Una noche, bastante después de las doce, tal vez a las tres de la madrugada, una mano que me sacudía con fuerza tomándome de los hombros intentaba despertarme. Me di vuelta para seguir durmiendo, pero algo así como una intensa corriente de adrenalina debe haberme corrido por las venas, porque me desperté por completo. Tanta era la energía de que dispuse de un segundo para otro, que ya no pude permanecer en la cama. Me levanté y me puse a dar largas zancadas por mi dormitorio. Después estuve media hora leyendo la Biblia y entonces decidí sentarme tranquila para rezar.

En ese momento noté sobre mi mesita de luz la presencia de un anotador y un bolígrafo que antes no estaban allí. Y sin pensarlo siquiera, me puse febrilmente a dibujar ángeles. Cuando terminé de dibujar volví a sentirme cansada, de modo que regresé a la cama y me dormí profundamente.

Cuando me levanté, eché un vistazo a los dibujos y pensé para mis adentros: esto es algo que jamás pude haber dibujado yo. Entonces, volví a sentarme lo más cómoda que pude y tracé algunos esbozos más, pero la tarea era imposible y no pude hacer nada que tuviera algún sentido. Todo aquello era un lío.

Metí los dibujos realizados durante la noche en una carpeta y casi no volví a pensar en ellos. Sin embargo, el episodio se repitió unos tres meses después: aquella corriente de energía en medio de la noche, la urgencia de hacer aquellos dibujos de ángeles y, desde luego, el mismo talento para realizar un trabajo que durante el día me resultaba tarea imposible. La cosa siguió más o menos durante un año. Ignoraba qué podría hacer con aquellos dibujos; y desde luego ni se me ocurría hacer joyas con ellos.

En aquella época me habían regalado una linda cadena de oro, la primera que recibí en mi vida, y quise encontrar un ángel de oro para colgarlo de ella. Por mucho que busqué en las joyerías, no pude encontrar nada parecido a lo que yo deseaba. Hasta llegué a conversar con joyeros mayoristas conocidos, que recorrían el país en busca de mercadería o para vender la suya, y visitaban las exposiciones; pero la respuesta de todos fue siempre negativa.

Todo el problema se resolvió una mañana mientras meditaba en el asunto. Pensé en mis dibujos nocturnos y pude advertir que la cadenita de oro descansaba sobre la mesa, lo que bastó para que la solución me llegara como la luz de una lámpara que se enciende en medio de la oscuridad: supe por qué razón me habían regalado aquellos dibujos.

Con la ayuda de mis ángeles inicié el largo proceso de convertir los dibujos en joyas. Registré oficialmente los diseños y me dediqué a averiguar cómo se hacían moldes y modelos. Desde luego, todo eso me demandó unos cuantos años y muchos miles de dólares.

Un día, me estaba preparando para enviar los modelos de metal al fabricante para que hiciera los tres diseños previamente elegidos por mí. Y ése fue el día en que me robaron la billetera. Tenía allí los modelos, toda la información recopilada en ese lapso, los nombres y direcciones de las personas que se encargarían de trabajar con mis modelos. En resumen, todo. Estábamos en octubre de 1986.

Para decirlo con mucha suavidad, sentí un gran desaliento. No tenía la menor posibilidad de recuperar los modelos y hacerlo todo de nuevo. Así que después de hacer la denuncia policial me propuse pasar a otra cosa. Pero a pesar de todo tenía necesidad de economizar mucho dinero, todo el que pudiera, tal como se hace cuando se piensa en iniciar un negocio. Me puse a trabajar los siete días de la semana y pude apartar una suma considerable... pero ignoraba para qué.

Hasta que un día, alrededor de tres años después —recuerdo que fue después del huracán Hugo, en 1989—, el correo me trajo una pequeña encomienda. Me la mandaba un obrero de la compañía eléctrica, y en una breve comunicación que venía con el paquete me hacía saber que, mientras trabajaba tratando de restablecer un corte de corriente, resbaló sobre algo hundido en el barro. ¡Era la billetera que me habían robado varios años atrás!

Agregaba en su nota que lo único rescatable en el contenido, destrozado después de tanto tiempo a la intemperie, eran mis bocetos y modelos, las llaves y una libreta con mi dirección. Y en esa libreta lo único legible era mi propia dirección y la del artesano al que tenía pensado mandarle los modelos de los angelitos para su reproducción. Habían pasado cerca de tres años y casi había abandonado la idea de convertirme en joyero, pero al recuperar todo aquello —y nada más que lo indispensable— supe que tendría que hacerlo. Mientras tanto, en mi cuenta bancaria me esperaba aquel dinero que había podido ahorrar durante ese tiempo sin saber para qué.

Me puse en contacto con el fabricante y contratamos que me haría un millar de ángeles de cada modelo, tres elegidos por mí, en oro de alta pureza, peltre y oro laminado. Por lo tanto, desde ese momento tenía en mis manos una buena cantidad de ángeles que debería dedicarme a colocar en los negocios.

Aquí mis ángeles me prestaron una gran ayuda. La feria y exposición más importante del año era la Muestra de Navidad de Charlotte, que se realizaba desde principios de diciembre; pero ese año la lista de participantes era nutrida como nunca y había 420 fabricantes, diseñadores y artesanos en lista de espera. Como yo era una absoluta novata, cuando pretendí anotarme supe que podría hacerlo más o menos cinco años después, porque los aspirantes a un lugar en la muestra eran muchísimos. De modo que me volví a mi casa. Sin embargo, sin desanimarme por el rechazo, al día siguiente estuve de vuelta —a pesar de que el lugar de la exposición quedaba a dos horas de automóvil de mi casa— con la esperanza de que alguno de los aspirantes hubiese cancelado su solicitud. Pero la mujer que me atendió me dijo que, aun en caso de que alguien desistiera, todavía tenía delante de mí una larga lista de aspirantes. Por lo tanto, me resigné a volver a casa, esta vez muy desalentada. No obstante, a las veinticuatro horas me encontré instalada otra vez al volante, dispuesta a insistir, pero con idéntico resultado, cosa que se repitió una y otra vez durante un tiempo. Cierto día, mientras hacía el largo viaje a Charlotte, iba diciéndome que yo era una tonta además de algo chiflada, que sólo conseguiría perder tiempo y gastar combustible... pero no por ello me volví a casa.

Cuando llegué al local de la muestra, aquella mujer que tantas veces me había rechazado no estaba. Había otra en su lugar. Muy solícita por cierto, me preguntó si podía serme de alguna ayuda y, como respuesta, puse en sus manos un pequeño folleto con mis trabajos.

Me confesó que jamás había oído hablar de joyas con ángeles, pero de todos modos quiso ver mis modelos y revisó todo con visible interés. Sacó de un escritorio lo que parecía ser un plano de la muestra y me confesó que en realidad no quedaba lugar, con lo que mi corazón empezó a irse de nuevo a pique.

"De todos modos, le vamos a encontrar un sitio", terminó diciendo y, en efecto, halló en la parte más alejada de una de las hileras un lugarcito que apenas se veía entre los tres mil exhibidores. Y al quinto día de la exposición, mis angelitos de oro estuvieron expuestos.

En aquella época yo nada sabía de ventas al

menudeo. Mi muestra era casi nada en comparación con las lujosas vitrinas de muchos de los exhibidores. Además, yo estaba al extremo de una larga mesa. Pero los ángeles se encargaron de llevar gente a mi pequeño sitio y, para cuando terminó la muestra, había vendido varios miles de dólares en joyas mostrando ángeles. Aquel día puse la piedra fundamental de mi negocio: Ángel World.

Desde entonces, y siempre con ayuda de los ángeles, mi empresa ha crecido. Me consta que ha sido con su ayuda por la respuesta hallada en la gente que luce mis ángeles. Muchos me han escrito para decirme que lucir mis ángeles les recuerdan los días en que tanto dependían del ángel de la guarda de cada uno, y otros dicen que las joyas les recuerdan el amor que los ángeles guardianes sienten por ellos... Y en realidad para eso los confeccioné.

Me hace muy feliz que mis joyas con ángeles les recuerden a todos el amor que los ángeles guardianes sienten por ellos. Creo que Dios asigna a cada una de esas personas un ángel con tres responsabilidades, y que la mayor de las tres es amar. Un ángel nos ama a todos, y nos ama y nos ama. La segunda de las responsabilidades consiste en la protección del cuerpo y el alma de cada uno. Y la tercera es llevar a cabo, para favorecernos, los trabajos sobrenaturales que no podemos hacer por nuestra cuenta.

Tal ha sido la misión que se me encomendó en la vida: promocionar a los ángeles y la tarea que ellos tienen asignada para sernos de ayuda.

Capítulo Nueve
Tiempo tormentoso

MARGARET ANN GUTIÉRREZ, Roanoke, Virginia

El ángel del Señor acampa en torno de aquellos que le temen. Y los defiende.   —SALMO 34:7

Muchos están familiarizados con esa representación pictórica del ángel de la guarda que con todo cuidado guía a dos niños cruzando un puente en ruinas. Es una imagen que suele reproducirse en nuestras propias vidas cuando hemos sido tocados por los ángeles. En la actualidad Margaret Ann es una mujer casada, madre de dos hijos y gerente de una de las ramas principales de una empresa de nivel nacional. Pero hace treinta y un años era apenas una niñita asustada en medio de la tormenta.

En las zonas rurales del estado de Nueva York los veranos duran muy poco: finales de junio, julio y agosto, y se terminó. Como todos los niños del mundo, yo disfrutaba de aquellas semanas en las que jugaba con mis amigos: íbamos a nadar, recogía-

mos bayas en el campo. Pero de todos aquellos
veranos de mi infancia, el que mejor recuerdo es
aquel en que mi ángel de la guarda vino a visitarme
para sacarme del peligro y llevarme a buen puerto.

Era bastante alta para mi edad, incluso cuando
era una niñita que empezaba el primer grado, y
además era muy tímida. Cuando alcancé la edad
adulta, me di cuenta de que mi familia no era común.
Es posible que eso haya contribuido a que yo creyera
con tanta firmeza en los ángeles. Los antepasados
de mi madre eran húngaros y alemanes, y ella había
nacido en Rumania. En cuanto a papá, procedía del
barrio neoyorquino de Brooklyn; era hijo de un
colombiano que estudiaba medicina en la Universidad
de Columbia, y en cuanto a su madre, era una mujer
bastante independiente que trataba de abrirse camino
siguiendo estudios superiores para lograr una profesión
o un trabajo fuera de casa, algo poco común en
aquellos tiempos. Mamá era técnica laboratorista y
mi padre enseñaba inglés en una escuela no lejos de
casa, al tiempo que era director técnico de varios
deportes. Por último llegó a ser inspector de las
escuelas de nuestro sector.

Aparte de todo aquello, papá era un fanático
del yachting. Le encantaba la navegación a vela y
participar en carreras. Era propietario de un yate
que guardaba en un club náutico no lejos de casa, y
dedicaba a ese deporte el mayor tiempo posible.
Era un experto en nubes y cambios de tiempo, podía
pronosticar tormentas y los consiguientes peligros

para esos barquitos a los que tanto quería, e interpretaba con muy pocos errores las señales que parecía leer en el cielo. Fue siempre consciente de la importancia de mirar hacia adelante, pensar con rapidez y tomar decisiones inteligentes. Quizás haya sido por eso que sintió la necesidad de ponerse en contacto conmigo aquel día en que fui tocada por mi ángel guardián.

Recuerdo que fue un sábado por la mañana. Hacía bastante calor y el día era muy húmedo, con claras amenazas de tormenta. Puedo recordar todavía lo que llevaba puesto: unos shorts azules con remera blanca.

Mi padre, en vista de que las señales de tormenta eran inequívocas, se había quedado en casa. Estaba empeñado en una partida de ajedrez con mi tío. En cuanto a mi madre, estaba afuera porque era uno de sus días de trabajo.

En ese momento se me ocurrió ir a jugar a casa de una amiguita llamada Joanie, donde estaba segura de que estarían también Nancy y Muffin, dos de mis compinches. Papá no encontró ningún inconveniente en que saliera a la calle, y sólo me impuso como condición que estuviera de vuelta en casa para la hora del almuerzo. Accedí porque tenía ganas de ir a jugar y, además, era lógico que estuviera de vuelta a esa hora.

En consecuencia, salí por la puerta trasera y me encaminé a la casa de mi amiga. Es importante, para una mejor comprensión de lo que estoy contando, que indique algo de la geografía de aquel barrio. La casa de Joan estaba casi detrás de la mía, de modo que los respectivos patios traseros se hallaban separados sólo por unos pocos árboles y algunos arbustos. Para llegar a ella, nada mejor que tomar por un atajo que pasaba entre las plantas. Aquello era muchísimo más sencillo que tratar de abrirse paso entre unas zarzas y setos espinosos que crecían detrás de mi casa.

Mis padres no se sentían muy tranquilos cuando yo tomaba el atajo, ya que nuestros vecinos tenían una gran piscina sin defensa alguna para impedir que algún desprevenido cayera en su interior. En aquella época no existían las ordenanzas municipales de hoy en día, que exigen tales defensas. Según creo, mis padres temían que pudiera acercarme demasiado al agua y caer, para peor aquella piscina distaba de nuestra casa lo bastante como para que no se me oyera por mucho que gritara pidiendo auxilio.

En cuanto a mí, sabía muy bien que era perfectamente capaz de cuidarme para no acercarme demasiado a la piscina. ¿Qué se creían que era yo, un bebé? Por lo demás, el camino que debería hacer para llegar a casa de mi amiga sin cruzar el patio implicaba dar la vuelta a la manzana, una ruta larga, demasiado larga. Todo el mundo sabe que el camino más corto entre dos puntos es una línea recta, así que tanto Joan como yo cruzábamos por los patios traseros cuando nos visitábamos. A los vecinos dueños de la piscina parecía no importarles que pasáramos por allí.

En consecuencia, y tal como lo hacía en la inmensa mayoría de los casos, me dirigí a casa de Joan por el patio de atrás. Ella tenía varios hermanos y hermanas, así que formábamos un considerable grupo para entregarnos a nuestros juegos favoritos.

Es muy probable que haya elegido el mejor momento para salir de casa, porque en cuanto llegué a la de Joan retumbaron unos truenos y se puso a llover como pocas veces he visto. El viento soplaba con mucha fuerza. Los truenos hacían temblar los cristales en las ventanas, y los relámpagos parecían extenderse por todo el cielo. Pero, a pesar de todo, nos pusimos a jugar, sin prestar atención a la tormenta, disfrutando de aquella mañana de sábado como sólo pueden hacerlo los niños.

Cerca del mediodía, papá telefoneó a la madre de Joan para pedirle que me enviara a casa a almorzar. (No me entusiasmaba la idea de que fuera mi padre el encargado de preparar la comida.) La mamá de mi amiga me llamó para que hablara yo, y papá me dijo que era hora de emprender el regreso.

Cuando asentí, me instó a que por lo menos esa vez no tomara por el atajo y diera la vuelta a la manzana. Le pregunté por qué me lo pedía y le hice ver que, si tomaba por el camino largo, con semejante lluvia, llegaría a casa literalmente hecha una sopa.

La explicación de mi padre no pudo ser más clara: no quería que pasara cerca de la piscina de nuestros vecinos, recuerdo que se llamaban Stillwell. Entendía él que la tormenta era muy seria, los relámpagos eran muchos, y los rayos con frecuencia caen sobre el agua y los árboles. Sería más seguro el camino largo y la ropa mojada me la cambiaría tan pronto llegara a casa.

Me di por enterada y así se lo hice saber, no de buen humor por cierto, mientras miraba por la ventana cómo se iluminaba el cielo con los relámpagos. Sabía bien lo que eso significaba. Había crecido cerca de un lago, donde mi padre se entregaba a su deporte favorito, y la familia de mamá tenía una cabaña, de modo que sabía bien el peligro que representan los relámpagos y los rayos en días como aquel.

Corté y le dije a la madre de Joan que tenía que irme a casa para almorzar. Pensé que debería salir por la puerta delantera, pero la idea de dar una vuelta tan grande no me resultaba particularmente atractiva. Debo haber pensado de nuevo las cosas, supongo ahora, para llegar a la conclusión de que lo más conveniente era cortar por el atajo. Consideraba además que ya era una chica crecidita y no iba a tocarme un rayo justo a mí.

Desde luego, no dejaba de experimentar un sentimiento de culpa por tener que desobedecer a mi padre, pero en cierto modo me ponía nerviosa aquello de afrontar tamaña tormenta por la calle. Creo que en ese momento decidí que lo mejor era pasar el menor tiempo posible bajo un cielo que no dejaba de descargar agua sobre nosotros.

Salí de la casa por la puerta trasera y de inmediato

me sentí literalmente aporreada por gruesas gotas de agua, y muy fría por cierto. Los truenos retumbaban con más fuerza allí, y el contraste de los relámpagos contra la oscuridad del cielo no hacía sino ponerme más nerviosa.

Eché a correr por el patio trasero de Joan tan rápido como pude, y me resbalé entre los arbustos que formaban un seto entre ambas propiedades. Ahora tenía por delante lo que me parecía una muralla de árboles, iluminados por curiosas fosforescencias que acentuaban todavía más mis nervios. ¿Y si mi padre tuviera razón?, pensé en aquel momento. ¿Qué sucedería si un rayo caía en ese momento?

Pensé en volver a casa de mi amiga, pero me parecía que el camino por recorrer ahora sería demasiado largo, y además ya tenía mi casa a la vista. Me parecía tan cerca... Allí tomé la decisión de seguir, pasando junto a la piscina de los Stillwell con tanta rapidez como me fuera posible. Me lancé a la carrera entre los árboles, sintiendo cómo se hundía el barro bajo mis pies, y de inmediato crucé la arboleda y me encontré en un terreno sin cultivar, con pasto alto y brezos que formaban setos tan desordenados que más bien parecían matorrales. De todos modos crucé el descampado y me introduje en un sector de césped muy cuidado que correspondía al patio trasero de los Stillwell. Allí estaba la piscina, a mi izquierda, por lo que aceleré más aún mi carrera a fin de dejarla atrás lo antes posible.

Cuando estaba a mitad de camino, el cielo pareció

abrirse o desplomarse sobre mi cabeza. Un ruido atronador me hizo castañetear los dientes —era un trueno que restalló exactamente sobre mí—, mientras un rayo parecía llegar a tierra muy cerca de donde yo estaba, expuesta y vulnerable, y al lado de la piscina. Para ser sincera, yo no era lo que se dice una chica valiente, así que me encogí aterrada, e hice cuanto pude por aferrarme al lugar, incapaz de mover un solo músculo para desplazarme ya fuera hacia adelante o atrás. Para mayor desdicha, en aquel punto el sendero junto a la piscina era particularmente estrecho, de modo que me era imposible caminar hacia la derecha para apartarme más del agua. Comprendí que debía haber aceptado las advertencias de mi padre, y tuve la certeza de que el próximo rayo caería sobre mí para atravesarme de lado a lado, pero de todos modos no podía moverme. Estaba paralizada, como si una poderosa mano me retuviera por detrás. Cayó otro rayo y su luz iluminó la escena, de donde pude deducir que, de haber seguido corriendo, aquel rayo habría caído sobre mí.

Atrajo mi atención la luz de otro relámpago entre los árboles, a mi derecha. Y fue entonces cuando vi a mi ángel de la guarda.

Estaba de pie muy cerca de mí y era el ser más bello, exquisito y santo que pudiera concebirse. Hasta el día de hoy, aquella imagen se ha mantenido vívida en mi recuerdo. Estaba como enmarcado en una luminosidad blanca y azul celeste, más brillante todavía que los relámpagos, que seguía resplandeciendo

como si reverberase a pesar de lo iluminada que
estaba la escena con todas aquellas descargas eléctri-
cas. Su cutis se adivinaba muy suave y el tupido
cabello, de un rubio dorado, era muy largo y ondulado,
en tanto los ojos tenían un brillo azul intenso. Alrededor
de la frente era posible advertir un pequeño aro
dorado parecido a una vincha.

Puedo recordar que aquella maravillosa luz blanca
que parecía envolverlo oscurecía la parte inferior
de su cuerpo, de modo que me fue imposible ver
sus piernas y sus pies. Pero tengo bien grabada en
la memoria cómo era la parte de arriba de aquel
cuerpo, que en verdad era muy alto.

La vista del ángel hizo que mis temores se
dejaran penetrar por la visión con la misma facilidad
con que un cuchillo caliente penetra en la manteca.
No recordaba haber visto nunca un rostro tan pacífico,
tan apacible y capaz de inspirar confianza, y en ese
instante sentí que toda esa paz entraba en mí.

En ese momento el tiempo pareció detenerse;
primero me sentí dominada por una enorme sorpresa,
algo que hasta superaba el miedo que me inspiraba
la tormenta; pero de inmediato comenzó a hablarme.
Ya no puedo recordar cuáles fueron exactamente
sus palabras, pero sí tengo grabado en la memoria
que me aconsejó no tener miedo, mantener la calma,
que mi parálisis ya no existía... de modo que me
era posible dar unos pasos para alejarme del agua.
Mientras tanto, la tormenta no cesaba y, por el
contrario, los relámpagos y los truenos seguían

acompañando a la lluvia, tan intensa como al principio.

Descubrí al instante que mis piernas volvían a funcionar y que ya no temblaba de miedo. De buenas a primeras, me sentí muy segura y embargada de una intensa paz. Era una sensación muy extraña que jamás podré olvidar. Recorrí lentamente el trecho que me faltaba para bordear un extremo de la piscina y caminé por el final del atajo hacia el patio trasero de mi casa. Recuerdo que, con cada paso que daba, primero por el patio del vecino y luego por el mío, el ángel estuvo a mi lado como para alentarme con su presencia, para hacerme saber que estaba allí dispuesto a brindarme su ayuda. Se esfumaron todos mis temores en el sentido de que pudiera alcanzarme un rayo, y eché a correr hacia mi casa. Durante casi todo ese tiempo el ángel me acompañó. Y sólo advertí que ya no estaba conmigo cuando estuve frente a la puerta trasera de mi casa.

Entré corriendo y sin dejar de gritar:

—¡Papito, papito... acabo de ver a mi ángel de la guarda!

Papá, sentado en el suelo con las piernas cruzadas como un buda, estudiando la jugada de ajedrez que debía hacer para seguir luchando con mi tío, alzó los ojos, sorprendido. Después se levantó para dirigirse a la cocina.

—Será mejor que vayas a ponerte ropa seca. Mientras tanto, te voy a preparar el almuerzo —fue cuanto me dijo a modo de respuesta.

Me mudé de ropa y volví a la cocina, sólo para

ver confirmados mis peores temores respecto de las habilidades culinarias de mi padre. Tenía delante de mí una salchicha recalentada; pero era tanta la alegría por sentirme sana y salva que nada de eso me importó.

Cuando mamá volvió a casa le conté mi encuentro con el ángel de la guarda, que había venido a hacerme compañía. Pero después de ese día no hablé con casi nadie ajeno a la familia de mi aventura de aquella mañana.

Muy a menudo me he preguntado por qué mi vida fue tocada por mi ángel de la guarda. Ya sé que su razón primordial era salvarme en medio de aquella tormenta. Era tan violenta, con tantos rayos, que de seguro tendría que haber sido alcanzada por uno de ellos. Pero además de todo aquello, he llegado a tener una sensación de seguridad con respecto a mi vida... que mi ángel está siempre allí, vigilando para que no me suceda nada. Después he pasado por otras situaciones duras, incluso accidentes de automóviles, y siempre me acompañó el sentimiento de confianza en el poderío protector de mi ángel.

Creo de todo corazón en los ángeles, porque mi vida ha sido tocada por su presencia.

Capítulo Diez

Un pincel en las manos de un ángel

Andy Lakey, Murrieta, California

> Y Bezaleel, el artista ... a quien el Señor había dotado de
> habilidad y comprensión ... hizo también los dos querubines
> de oro labrados a martillo ... y los querubines extendían
> las alas por encima. —ÉXODO 36, passim

Muchas personas que alguna vez se vieron al borde de la muerte informan que en tales circunstancias tuvieron experiencias con ángeles. Pero, por encima de todo, Andy vio su vida cambiada. A consecuencia de haber sido alcanzado por el ángel, ganó una nueva vida, tuvo una nueva fe, y hasta una nueva profesión.

Algunas veces he llegado a pensar que mi vida —mi vida real— no empezó hasta aquel Año Nuevo de 1986 en que pude ver a mi ángel de la guarda; que toda mi vida anterior sencillamente se disolvió entre la bruma; y que de entre esa misma bruma salió el verdadero Andy Lakey.

O quizá fue como si el ángel hubiera pasado una espátula por la tele todavía húmeda de mi vida, borrando todas las antiguas imágenes y colores, y después se hubiera puesto a pintar otra vez, con imágenes brillantes, bien definidas y con los colores correspondientes sobre la antigua superficie. Sea como fuere, los últimos años de mi vida —no muchos— se han visto plenos de gozo, con una felicidad, una paz y un sentido de finalidad que jamás conocí antes de que mi ángel de la guarda acudiera a cambiar mi existencia.

¿Qué les sucede a esas personas que han pasado por experiencias vecinas a la muerte? Por cuanto he podido oír, no es algo que suceda muy de vez en cuando. Sin que importe lo que nos haya llevado a la proximidad de la muerte, ya sea una enfermedad grave o un accidente, siempre se trata de una experiencia poderosa. En lo que a mí respecta, mi espíritu, mientras se encontraba oscilando quién sabe dónde entre los planos terreno y celestial, pudo sentir la presencia del ángel. Siempre me resulta muy difícil describir lo que experimenté ese día, porque nuestros sentidos funcionan de otro modo cuando estamos entre el cielo y la tierra. Por lo tanto, no puedo decir si vi a mi ángel de la guarda tal como veo las cosas que suceden a mi alrededor. No tengo la certeza de haber oído las palabras de mi ángel tal como oigo música o como llega a mis oídos la risa de mi bebé. Pero algunas veces veo y oigo en mi interior... y entonces lo recuerdo todo.

¿Qué fue lo que experimenté? Recuerdo a mi ángel guardián tendiéndome los brazos para rodearme con ellos en un gesto tan protector como afectuoso, con tanto amor y comprensión que me resulta imposible describirlo. Y en ese momento, con palabras o no, lo cierto es que pude percibir que el ángel me comunicaba que sería feliz, que todo terminaría bien. Sentí tanta paz y tanta confianza, que al instante comprendí que me hallaba en los brazos de un Dios amante que me enviaba el ángel como señal de ese amor. La inmensa fortaleza de aquel ángel fluía a través de mi cuerpo y me curaba, restauraba mi vida. Es posible que ahora no pueda transmitir a otros cómo era compartir la fuerza personal de un ángel con mi propia energía. Después de eso, la experiencia fue disolviéndose lentamente y mi espíritu volvió a reunirse con mi cuerpo.

Ignoro cuánto duró el momento, o incluso si pudo haber demandado algún tiempo. Por otra parte, no creo que el tiempo pueda revestir alguna importancia decisiva; pero cualquiera haya sido la duración, o aun con una carencia total de ella, lo cierto es que algo que se hallaba muy hondo en mi corazón cambió para volverse mejor que antes y para siempre. Restaurada mi conciencia, comencé a ser diferente y supe que era diferente.

Recuerdo haber despertado y que mi visión —al igual que mi percepción— fue más aguda que nunca. Pensé en los primeros veintisiete años de mi vida y pude advertir cuánto la había desperdiciado y arruinado. Y me parece que aquella interpretación tendría que haber resultado devastadora, de no haber sido porque el ángel, al abrazarme, me había indicado que lo hacía como señal del amor que Dios sentía por mí. Es que no sólo me fue dado ver la necesidad de que se operase un gran cambio en mi vida, sino que me sentí fortalecido para realizar ese cambio porque el ángel me había infundido la fuerza. Me constaba que, con la ayuda de Dios y el apoyo de mi familia, tendría la posibilidad de devolver algo al Señor en señal de agradecimiento por haberme restituido la vida. Y además tenía la clara sensación de que mi futuro iba a ser maravilloso; aunque ignoraba en qué forma.

Cuando observo las cosas en retrospectiva puedo advertir que ésta no era la primera vez que advertía aquella ayuda de mi ángel de la guarda. En mi infancia pasé por trances que llevaban la clara impronta de la presencia angélica. Recuerdo una vez que jugaba con mi padre bajo un árbol, en aquella extensión de césped que teníamos delante de la casa. De pronto, según me contó mi madre, corrí hacia la puerta sin razón aparente. Papá, que había estado en el suelo jugando conmigo, se arrastró detrás de mí, creyendo tal vez que yo seguía haciendo mi juego. Y en ese preciso instante, cuando nos habíamos apartado del lugar, oímos una ruidosa frenada y apareció un automóvil fuera de control, ocupado por un grupo de adolescentes

evidentemente ebrios, que fue a chocar contra aquel
árbol junto al cual habíamos estado jugando papá y
yo. De no haber echado a correr hacia la puerta
seguido por mi padre, los dos podríamos estar muertos.
Coincidencia, podrían decir algunos, o una mera
sincronicidad. Por mi parte, veo que allí estuvieron
las manos de mi ángel.

Otro incidente que puedo recordar se produjo
cuando rondaba los ocho años. En aquel momento
vivíamos en el Japón, donde mi padrastro estaba cumpliendo un destino con las tropas norteamericanas y
visitábamos una base militar norteamericana a unos
cuarenta y cinco minutos del lugar donde vivíamos.
Atravesábamos entonces un período difícil en las
relaciones nipo-norteamericanas y se registraban a
diario demostraciones muy ruidosas para protestar
por la presencia de nuestra tropas en ese país. Además,
los elementos más decididos alguna vez llegaron a
amenazar e incluso atacar a los soldados norteamericanos y sus familiares.

Sin que pueda decir todavía por qué razón, en
determinado momento de nuestra visita me separé
de mis padres. Volví al lugar donde había estado
estacionado el automóvil, y ya no lo encontré. Debo
haber supuesto entonces que se habían ido sin mí,
de modo que emprendí la marcha a pie para volver
a casa. No tenía la menor idea de cómo llegar a
ella, pero a poco andar encontré unas vías férreas y
decidí que, siguiéndolas, llegaría, pero al ver que
pasaban las horas sin producirse novedades me puse

a llorar amargamente, sintiéndome abandonado. Y si bien en ese momento no podía saberlo, también me encontraba en peligro, pues en cualquier momento podría tropezar con algún grupo antinorteamericano. En realidad, el problema potencial en la zona era tan grande que, desde el instante en que se informó mi desaparición, toda la base se puso en alerta roja, salieron varias partidas a buscarme, los helicópteros volaron sobre la zona, diría que todo el mundo salió a registrar unos cuantos kilómetros a la redonda como si se buscara la proverbial aguja en el pajar.

Mientras seguía caminando por las vías recuerdo haberme encontrado con un japonés que se acercó a mí. El hombre no hablaba inglés, y lo único que yo sabía decir en su idioma era el nombre del pueblo donde vivíamos. Pero, de todos modos, me subió a su camioneta sin decir palabra y después de muchos vericuetos me depositó en casa. Allí me hizo descender, exactamente delante de la puerta principal, y, siempre sin hablar, se alejó. No he vuelto a verlo nunca más.

Pronto llegó mi familia y todos nos reunimos en medio de demostraciones de explicable alegría. Pero yo sabía que aquel japonés que de buenas a primeras se había presentado ante mí cuando caminaba por las vías sin saber hacia dónde, era mi ángel guardián, enviado por Dios para rescatarme. ¿Quién que no hubiera sido mi ángel habría podido hacer todo aquello? Aparecer de la nada en el preciso momento en que más necesitaba de alguien que me socorriera, entregarme sano y salvo frente a la puerta de mi casa y luego, cumplida su misión, desaparecer tan simplemente como había aparecido.

Pensé muchísimo en todo aquello mientras me recuperaba en el hospital. Lo primero de todo, y lo principal, era que me servía para ratificar el gran amor que Dios sentía por mí. A pesar de que mis familiares siempre iban a misa durante mis años de infancia, aquello jamás penetró muy hondo en mí. Pero después de mi aventura fue diferente. Me convertí en cristiano comprometido y practicante, todo lo cual siguió desde entonces como el primer día.

Comencé a dibujar y a pintar. Era algo con lo que había disfrutado siempre de muchacho, pero ahora empezaba a dedicarme al asunto en serio... y siempre los ángeles figuraban entre mis personajes favoritos. Nunca estudié arte de una manera formal, pero mi madre era una artista al igual que uno de mis abuelos, de modo que pude crecer en un ambiente que, de alguna manera, me permitía observar lo artísitico con otros ojos. Incluso llegué a pensar en convertirme en artista, pero los sitios a los cuales envié mis trabajos consideraron que en ellos no había muchas cosas como para llamar la atención o despertar el interés de la gente. No obstante, seguí con mis bocetos y pensando en lo que haría con mi vida.

Las cosas me iban muy bien hacia 1989, cuando cumplí los treinta: tenía un buen trabajo, ganaba mucho dinero, llevaba un estilo de vida muy sano, fijaba mi atención en gran cantidad de intereses. En realidad, agradecía diariamente a Dios y los ángeles por haber hecho posible todo aquello. Pero no era suficiente. En el día de mi trigésimo cumpleaños fue como si mi ángel de la guarda me hubiese palmeado un hombro para decirme: "Lo estás haciendo muy bien, Andy; ahora te ruego que des un buen giro a tu vida".

Yo sabía que lo realmente ansiado —y necesitado— en mi vida era convertirme en un artista, volcar todo lo que estaba sintiendo en mi interior, toda la paz y la fuerza de Dios, toda mi felicidad y mis perspectivas positivas, en formas tangibles que fueran comprensibles para todo el mundo.

Por lo tanto, lo primero que hice fue dejar mi trabajo y lo segundo, convertir el garaje de mi casa en un taller artístico, tras lo cual me dediqué a pintar. Mis amigos me decían que debía estar loco, que lo mío no pasaba de ser una de esas crisis tan frecuentes en la gente cuando se aproxima a los cuarenta. Pero en lo hondo de mi corazón yo estaba seguro de que tomaba por el buen camino, que se me convocaba para que lo hiciera y que no se trataba de ningún capricho pasajero. Y en un tiempo sorprendentemente corto me di cuenta de que sería un artista de éxito... porque durante toda la vida Dios había estado llamándome para que hiciera eso.

Como era dable esperar, mis primeros esfuerzos estuvieron dirigidos a la reproducción de aquellos ángeles que alguna vez se me acercaron. Con los ojos de mi mente podía ver todavía al ángel que se me había aproximado para rodearme con sus brazos y alentarme, hacía apenas tres años. Y yo necesitaba casi visceralmente compartir con otros la sensación de paz y fortaleza que me había infundido aquel abrazo. Y también tenía necesidad de que muchos fueran testigos de que Dios envía a sus ángeles a nuestras vidas. Decidí que para el año 2000 habría pintado un par de miles de ángeles, tantos como los años transcurridos desde el nacimiento de Jesús. Y me parecía muy justo que el ángel que iba a pintar fuera el que me había consolado durante mi experiencia vecina a la muerte.

No bien puse manos a la obra comprendí que los ángeles estaban ayudándome de muchas maneras. Por ejemplo, tan pronto como un tema angélico acudía a mi mente, descubría que podía dibujarlo en pocos minutos, mientras, por el contrario —como sucedía a menudo—, cuando el tema era más terrenal pasaba horas y horas realizando los primeros esbozos.

Y cuando me dediqué a pintar pude advertir que la inspiración no me llegaba desde el exterior sino de muy adentro, del corazón y el alma; en otras palabras, de los propios ángeles. Lo mismo sigue ocurriéndome hasta hoy: puedo experimentar una fuerza que surge de mi interior. Me parece como si lo extrayera todo del universo, del propio Dios. Por eso considero que mi capacidad para la pintura "me la prestó Dios". Puedo sentir a mi ángel abrazándome, ayudándome a trasladar el mensaje de todos los ángeles a la tela. Participamos de lo mismo, como si formáramos una sociedad destinada a la producción de cuadros de ángeles que ayuden a otras personas a comprender lo maravilloso que es el Señor.

Los que ven mis cuadros por primera vez, casi siempre se sorprenden. Mis ángeles distan mucho de parecerse a los tradicionales: hago el esbozo de una figura carente en absoluto de rasgos. Y eso no lo cambio nunca, porque eso es lo que pude ver. Es la medida del ángel, el número de siluetas y la naturaleza del fondo lo que contribuye a producir todo el efecto buscado. Rodeo al ángel con un movimiento de líneas y formas que reflejen los movimientos de que se trata, la energía, la fuerza vital que me es dado notar en los ángeles. Cada nuevo cuadro se aproxima más y más a lo que yo siento que mi ángel en realidad parece, aunque el ángel siempre sea el mismo y las formas en movimiento se tornen más y más refinadas.

Lo que intento es comunicar algo acerca de cómo se mueven y actúan los ángeles en la esfera celestial, para que sean un puente que nos permita observar el interior del cielo y sentir amor y paz, tocar a los ángeles aun cuando no podamos verlos.

Cuando comencé a pintar mi serie de dos mil ángeles sabía que ellos me ayudarían a trasladar su esencia al arte. Y hasta tuve la idea de que colaborasen conmigo para llegar a la gente. Pero el interés despertado fue mucho más allá de mi idea inicial acerca de quiénes serían los receptores de mi trabajo. El primer ángel que pinté se encuentra ahora en el Vaticano y el segundo en el Riverside Art Museum; el tercero fue adquirido por el ex presidente Jimmy Carter. Docenas de otros cuadros con ángeles pertenecen ahora a figuras tan conocidas como Stevie Wonder, Lee Meriwether, Ed Asnwee, Ray Charles y Quincy Jones. Y hay muchos otros que cuelgan de las paredes de hospitales y clínicas, e incluso de centros dedicados a la atención de ciegos.

—¿De ciegos? —suelen preguntarme. Y me hacen notar que los ciegos no pueden apreciar una forma de arte. —¿Nunca te ha llamado la atención que tantos cuadros tuyos hayan ido a parar allí?

Mi respuesta es siempre la misma:

—No me llama la atención, porque mis ángeles son casi siempre pinturas tridimensionales y lo he hecho así en forma deliberada.

Y cuando digo que a través de mis cuadros la gente puede tocar a los ángeles, lo digo literalmente. Pinto con trazos tan espesos que cualquiera puede "palpar" la pintura y seguir sus contornos, la textura, los golpes de pincel y la totalidad del diseño, tanto si tienen una vista normal como si están impedidos de ver. En realidad, muchos de mis cuadros se adquieren para hacer donaciones. Peter Jennings donó uno a The Lighthouse; Ed Asner lo hizo al Instituto Jules Stein, especializado en el estudio y tratamiento de enfermedades oculares; Lee Meriwether hizo entrega de uno de esos cuadros al Centro de Niños Ciegos, y el ex presidente Gerald Ford y su esposa Betty a la clínica que lleva el nombre de ella.

Quiero que la gente tome más conciencia de la existencia de los ángeles. Quiero que miren y toquen mis ángeles para sentir su energía, la fuerza vital, el movimiento incesante que los envuelve y que ellos mismos me enseñaron a trasladar al lienzo.

Casi el 90 por ciento de mi labor actual está centralizado en la pintura de los ángeles. Es allí donde yo siento que debo estar. Y he podido ver en qué forma tan poderosa mis cuadros afectan a las personas, y además me consta que no soy yo quien lo hace, sino mis ángeles. Los que observan mis trabajos dicen que los cuadros les hacen sentir más fuerza, notan la presencia de Dios, ven calor, esperanza y una virtuosa bondad... y nada puede hacerme más feliz que oír esas palabras.

Pero mi vida no está acotada por mi labor artística. Mi vida cambió desde el momento en que mi ángel de la guarda vino a mí y me casé con la mujer más maravillosa del mundo. Su relato aparece también en este libro. Somos padres de la bebita más linda del orbe, y mi deseo es que crezca amando a los ángeles.

Los niños se han vuelto muy importantes para mí. Quiero que ellos sepan que pueden crecer rodeados de amor y fortaleza, que no es necesario que las pandillas, la droga o la violencia formen parte de su vida. Visito con mucha frecuencia las escuelas y charlo con los alumnos para hacerles ver los aspectos positivos de la vida. Y muchos me envían cartas cuya lectura constituye para mí una maravillosa experiencia.

En la actualidad, con mi vida que va adquiriendo forma y enfocándose hacia los puntos debidos, sé que mis ángeles me guían hacia Dios para que se me indique en qué dirección debo moverme. Creo que muchos ángeles pasan por mi vida, y en especial mi ángel de la guarda, que vigila a los otros. Y rezo para poder seguir avanzando y creciendo más cerca del Señor y así ayudar a que la paz y la dicha lleguen a la vida de los demás, estrechar a todos tal como mi ángel hizo conmigo, y ayudarlos a que experimenten la placidez y el amor que llegan a nosotros cuando seguimos por esa senda.

Capítulo Once
Ángeles sobre el acantilado

CHANTAL LAKEY, Murrieta, California

Él te encomendó a sus ángeles para que te cuiden en todos tus caminos. Ellos te llevarán en sus manos para que no tropieces en ninguna piedra.
— SALMO 91

La experiencia de Chantal Lakey nos recuerda que a veces las palabras del Salmo 91 son literalmente ciertas. Si bien nuestros ángeles dedican la mayor parte de su tiempo a vigilar nuestro crecimiento y desarrollo espirituales, se ocupan también de nuestro cuerpo y nuestra alma.

—¡Dios mío, no quiero morir! —grité con todas mis fuerzas.

Me aferré con desesperación al costado de aquel resbaloso acantilado, buscando con manos y pies algún punto más o menos firme en medio de los pequeños trozos de pizarra que cedían de inmediato y se deslizaban como el hielo bajo la lluvia. No debo rendirme, porque entonces podré darme por muerta, lo mismo que, lo mismo que... Me resistía a pensar en eso; me esforzaba por apartar esa idea de mi mente. Pero de todos modos, una y otra vez volvía a ver lo mismo con los ojos de la mente, como una pesadilla recurrente, pero demasiado real.

...lo mismo que Dale. Allá abajo, en algún lugar a cientos de metros, entre las rocas y las olas del mar que comenzaba a crecer con la marea, yace el cadáver de mi novio, Dale. Hace apenas un segundo, lo que dura el latido de un corazón, lo había tenido allí, junto a mí, al borde del acantilado y sosteniendo mi pie con sus manos mientras buscaba una senda apropiada para descender al fondo del abismo. Y en ese momento, sin lanzar siquiera un grito, había perdido pie en aquella pizarra tan resbaladiza... y desapareció. Nada más que eso. Guiada por el ruido de su caída yo había tratado de mirar hacia abajo, pero sólo alcancé a ver pedruscos que caían como si estuvieran persiguiéndolo. Él no dijo una palabra, y entonces alcancé a ver su cabeza destrozada contra las rocas. El cuerpo completamente fáccido, muriendo ante mi vista.

Grité invocando a Dios, con toda la fuerza que pude, pero sólo parecían oírme las piedras y el mar que golpeaba la playa donde yacía él. Le pedí a Dios que también me diera muerte a mí, pero de inmediato me desdije, supliqué, no quería morir... aunque en aquel momento me constaba que eran grandes las posibilidades de que tal cosa ocurriera.

¿Cómo pudo ocurrir aquello?, pensaba, sin encontrar una respuesta que ayudara a aclarar mi pensamiento. Dale y yo habíamos estado de visita en casa de unos primos suyos que vivían en las afueras de Eugene, Oregon, y viajábamos de regreso a San Diego, donde habitábamos nosotros. Habíamos disfrutado muchísimo de nuestra visita. Era un lugar magnífico para alguien como Dale, un deportista de cuerpo atlético que sabía gozar del aire libre y no era capaz de rechazar un desafío.

Me acomodé en el coche preparándome para el largo viaje por la Ruta 101, la autopista costera. Nos separaba de la vista del mar un bosque muy tupido, y sabíamos que detrás de aquellos árboles casi renegridos había toda una línea de acantilados que caía directamente al Pacífico. Pero muy poco después del mediodía, muy entusiasmado por todo lo que podía verse en aquella región, Dale me sugirió que nos detuviéramos unos minutos para hacerme conocer una senda de cuya existencia él sabía pero que nunca había sido seguida por otra persona, por lo menos en su compañía.

Aquella senda que acababa de mencionarme en realidad no era otra cosa que un caminito hecho por los ciervos entre los matorrales, terminado en un lugar alto que llevaba el nombre de Punta de Observación, porque desde allí se dominaba el océano hasta donde alcanzara la vista y mirando hacia atrás estaban los bosques. No distaba mucho de Humbug

Mountain y el pueblo más cercano era Ophir. Hacia el sur, pero como a veinte kilómetros largos, estaba Gold Beach.

Desde luego, la idea me pareció excelente y Dale estacionó a un costado de la ruta. Sin mayores dificultades trepamos la colina hasta la cima, y allí pudimos admirar tan maravilloso paisaje como aquel que nos rodeaba.

En ese momento Dale sugirió que siguiéramos la senda, pero que, desde lo alto de la colina, conducía al mar convertida en una huella escarpada. Mi novio creía que él podría hacerlo, pero requirió mi opinión para que lo acompañara en la aventura.

Por toda respuesta le dediqué una sonrisa y lo seguí en el descenso hacia la playa. Sin embargo, no tardamos en advertir la tontería que estábamos cometiendo. Aquel sendero no bajaba en línea recta, sino que a poco andar se convertía en un lecho de pizarra entre acantilados al borde de un abismo. Cuando llegamos al punto en que el sendero terminaba del todo, pudimos notar que estábamos en el acantilado propiamente dicho y no podíamos regresar por donde habíamos venido. En otras palabras, lo único que nos quedaba por hacer era seguir bajando. Y como para sumar un ingrediente más a lo que ya empezábamos a advertir como una muy difícil situación, comenzó a caer una llovizna muy tenue que sirvió para convertir aquel terreno pizarroso en una superficie sumamente resbaladiza. Era como caminar sobre jabón.

"¿Cómo anda tu factor miedo, Chantal? —me

preguntó él—. ¿Te animas?" Le respondí en forma afirmativa y lo invité a seguir adelante. De todos modos, para atrás ya no podíamos ir.

Seguimos juntos un corto trecho, pero cuando el descenso se tornó de verdad empinado y resbaloso, más traicionero que nunca, Dale decidió que él marcharía al frente. Me pidió que lo siguiera, pues daría unos pasos para poner a prueba el terreno, y después me ayudaría a poner los pies en los puntos más resistentes.

Aquello se convirtió en una tarea muy ardua, sobre todo para Dale. Cada pequeño movimiento mío hacía que una parte del terreno se desplazara hacia abajo convertida en una lluvia de sucio polvo, fragmentos de suelo pizarroso y pequeños guijarros que lo golpeaban directamente a él antes de seguir su camino hacia la playa.

Estábamos todavía cerca de la parte más elevada del acantilado, y el camino se volvía cada vez más traicionero. Dale seguía descendiendo y volvió a preguntarme cómo andaba mi factor miedo. Respondí que no había cambiado.

Entonces me pidió que le permitiera ayudarme. Tendió una mano para guiarme hacia el reborde más duro, y en el momento en que alzó la vista para observarme perdió pie y se precipitó hacia aquellas rocas que lo esperaban abajo para darle muerte. Así de simple fue todo.

Lancé un terrible grito, y otro y muchos más. Pensé que algo así no podía estar sucediendo. Pero aquella pesadilla de mi vida acababa de desplegarse ante mis ojos azorados. Mi novio, aquel hombre al que siempre había considerado un atleta perfecto, dueño de una envidiable coordinación de movimientos, acababa de ser arrebatado de mi vida y arrancado de mi corazón.

Grité aterrorizada mientras lo veia caer, aferrándome con desesperación a todas aquellas piedras flojas y pegada contra la pared del acantilado. En el breve tiempo que dura un latido, todo mi ser —cuerpo, mente y espíritu— pareció perder el sentido de la realidad. Estaba completamente sola allí, jamás en toda mi vida había estado tan sola.

Pronto —aunque en realidad no puedo decir cuánto tiempo— el ruido de aquellos pedruscos que se precipitaban a mi alrededor pareció esfumarse, y a pesar de mi estupor y del miedo enorme que me dominaban, pude oír con toda claridad los latidos de mi corazón, latidos que parecían tan desesperados como yo misma, lo ruidoso de mi respiración y el permanente repiqueteo de las gotas de lluvia al caer sobre aquellas piedras que me rodeaban. Allí, suspendida entre el cielo y el infierno, en mi purgatorio propio, no tenía idea de lo que debía hacer. Desde luego, trepar para desandar lo andado era tarea imposible y no tenía idea de cómo procurar un descenso por la pared del acantilado, casi vertical.

Volví a lanzar gritos desesperados como al principio: "¡Oh, Dios mío! ¡No permitas que muera en esta forma! ¡Por favor, acude en mi ayuda!". Debo decir ahora que en ese momento no tenía una fe particular en el ser que otros llamaban Dios —el Todopoderoso todavía no había desempeñado nada importante en mi vida—, pero creo que la desesperación extrae de lo más hondo de nosotros sentimientos que nunca creíamos que pudieran existir.

Y mientras seguía lanzando exclamaciones de terror, que al parecer sólo podían oír el impasible firmamento y las rocas insensibles, me pareció sentir de pronto como si se abrieran las puertas entre la tierra y el cielo. Me llegaba el eco de mis gritos y hasta el eco de aquellos ecos, como si movieran algo más que el aire. Y entonces vi cómo me rodeaban los ángeles formando a mi alrededor una muralla de protección, me mantenían flotando, me retenían, se estrechaban en mi derredor e impedían que también yo cayera al fondo de aquel precipicio. Creo que no los vi tanto con mis ojos físicos como con la claridad con que me los mostraban los del espíritu, pero, eso sí, estaba bien segura de su presencia, sabía que ya no me hallaba sola en el acantilado y me sentía más que agradecida por todo aquello.

Pero la gratitud no es suficiente para que un escalador desamparado sea capaz de descender más de 150 metros. Estaba desesperadamente aferrada a la piedra, demasiado aterrada como para hacer algo...

Y sin embargo... La siguiente cosa que puedo recordar es una mirada que lancé hacia lo alto para ver la altísima pared lisa. Vaya a saber cómo, me las había ingeniado para descender más de mil doscientos metros de resbaladizas pizarras mojadas por la lluvia y llegar sana y salva hasta un punto a poco más de trescientos metros sobre la playa. No tengo la menor idea de cómo pude haber hecho todo aquello, pero estoy convencida de que los seres celestiales que se reunieron para sostenerme allá arriba de algún modo lograron detener mi caída. Podía sentir su presencia a mi alrededor.

Pero al llegar a ese punto, me sentí de pronto al borde de una caída igual a la que había costado la vida a mi novio. Perdí pie, sentí que me resbalaba irremisiblemente hacia el borde del acantilado, sin control, incapaz incluso de seguir bajando en forma más lenta.

Volví a rogar: "¡Oh, Dios, ven en mi ayuda! ¡Que no me suceda ahora!". Me daba cuenta de que, aun en caso de que no muriera en la caída, desde allí sufriría un impacto suficiente como para herirme de gravedad, tal vez para todo el resto de mi vida.

Y en ese momento sentí cómo me sostenía desde atrás una mano dotada de una fuerza que no podía ser terrenal, lo que hizo que mi resbalón se detuviera allí mismo. Dejé de deslizarme y pude caminar con toda seguridad en dirección a la playa, sin nuevos incidentes. Sólo Dios sabe en qué forma lo hice. Me constaba que aquel grupo de ángeles que me había salvado la vida al principio de mi caída estaba todavía conmigo, para conducirme sana y salva hasta el borde del mar. Cuando lo pienso, me parece que toda la aventura duró varias horas, pero al recapacitar que el grupo de rescate de la policía enviado en mi ayuda estuvo en el acantilado por la tarde, comprendo que no pude haber durado mucho.

Todavía atontada por el terror y la impresión, me acerqué al lugar donde yacía el cuerpo de mi prometido. De inmediato vi que estaba muerto.

Mientras recorría la playa, un poco a la deriva, descubrí la existencia de otro sendero de ciervos que entre brezos y zarzas me permitió trepar la colina hasta llegar de nuevo a la ruta, y detener allí a un coche que pasaba. Ignoro de dónde provenía la fuerza que en ese momento me permitía realizar todo aquello; creo con toda firmeza que el grupo de ángeles seguía junto a mí para ayudarme. Podía sentir a mi alrededor la presencia de muchos, muchos ángeles, tal vez centenares de ellos. Y esa sensación me acompañó durante todo el resto de ese día y entrada la noche. Después, lentamente, se fue esfumando mi intensa conciencia de que los ángeles me rodeaban, como si ellos hubieran comprendido que yo estaba a salvo, que de ahí en más me hallaba en condiciones de manejar la situación por mis propios medios, por muy horripilante que pudiera ser en algunos aspectos.

El automovilista que se detuvo para prestarme ayuda me condujo hasta el pueblo y me dejó en la comisaría, donde relaté mi historia. Al instante se integró un equipo de rescate dotado de todos los equipos necesarios para proceder a un salvamento, con el propósito de encontrar los restos de mi novio.

Pero cuando llegaron al borde del acantilado del que había caído en busca de la muerte, no pudieron seguir por el camino que nosotros habíamos elegido. En su opinión, que no podía ser más profesional, los hombres del grupo de rescate entendían que un descenso por allí era imposible, a pesar de todas sus cuerdas y equipos. Tuvieron que regresar al pueblo sin cumplir su cometido. En cuanto a mí, a pesar de los muchos arañazos y alguna pequeña herida, podía decir que había resultado ilesa. Pasé aquella noche con la familia del subcomisario, seres que a su manera también resultaron ángeles para mí, puesto que no había otro sitio para alojarme. Al día siguiente se envió directamente un helicóptero hasta la playa, y entonces se recuperó el cadáver de Dale.

Uno de los integrantes del equipo de rescate me confesó luego que, a su entender, yo era un milagro viviente, un milagro que respiraba. No alcanzaba a comprender cómo pude haber bajado sin la menor ayuda por aquella pared casi vertical. Me recordó que ni siquiera ellos, que estaban perfectamente capacitados para trabajos semejantes, pudieron hacerlo.

Me enteré tiempo después de que aquella cara del acantilado se consideraba especialmente peligrosa, y que varios escaladores muy bien entrenados habían encontrado la muerte en ese lugar, lo mismo que Dale, tratando de cumplir la hazaña por primera vez.

Me recuperé muy lentamente de aquella horrible

prueba a la que estuve sometida... y todavía hoy, a más de una década del episodio, sigo teniendo mis malos momentos. Pero lo que sufrí sirvió para despertar en mí la inquebrantable seguridad de que Dios existe, que no es una fuerza impersonal sino un Ser lleno de amor, que se ocupa de nosotros. Hasta ese momento en que me sentí aferrada a aquella roca para salvar mi querida vida, jamás lo había entendido. Pero en los momentos en que me sentí rodeada de ángeles supe que Dios no sólo existe sino que me enviaba esos seres protectores para sacarme sana y salva del desastre. Comprendí que siempre habían estado a mi lado para ayudarme y, luego, para acompañarme por el resto de mi vida. Y comprendí también lo tonto que es preocuparse por las pequeñas cosas de la vida diaria, por esas que no podríamos modificar ni hace falta que se modifiquen. Lo que importa es nuestra familia, nuestros amigos, los seres amados y la belleza de entregarnos a los demás. Tenemos necesidad de ayudar a los otros, en realidad creo que ésa es la razón de que estemos aquí. Siempre que tengo un mal día o parece que las cosas no salen como quiero, recuerdo cuánta bendición ha caído sobre mí para que me encuentre aún con vida, y comprendo que los ángeles siguen conmigo.

Con el tiempo estuve en condiciones de reanudar mi vida, pero una vida más sabia, más consciente, y espero que más dadora de amor que antes. Sé que Dale está con Dios y es feliz. Me casé con mi alma gemela, Andy Lakey —que también fue tocado por los ángeles y cuyo relato figura asimismo en este libro—, y en 1993 nació nuestro primer hijo.

La vida es algo preciado y bello, y por eso agradezco tanto que en un momento tan difícil haya sido tocada por los ángeles.

Capítulo Doce
Contacto con nuestros ángeles

Se trata de un fenómeno que pocos se habrían atrevido a pronosticar hace muy pocos años y ocurrido en diversas religiones: por todo el país millares de personas están encontrándose con sus ángeles guardianes. Y muchos miles más, si bien no han experimentado la presencia externa de sus ángeles, por cierto han sentido su presencia diaria en pensamientos y meditaciones. En número aún mayor, otros están buscando seriamente algún tipo de relación más estrecha con sus ángeles, y ello por muy diversas razones: amor de Dios y de los ángeles, ansiedad por conocer algo del futuro, cuando no por simple curiosidad.

¿Qué clase de contacto es el que se espera alcanzar? En primer lugar, las gentes procuran fortalecer los lazos de corazón a corazón que siempre han mantenido con sus ángeles aunque jamás hayan intentado sacar a la luz de su conciencia. En segundo término, los hay quienes abrigan la esperanza de ver a esos ángeles entrar en sus vidas... ángeles que revistan la forma humana, como en el caso de Robin, cuyo ángel de la guarda pueda llegar a tocar nuestra vida para luego desaparecer. Y algunos alientan la esperanza de ver a sus ángeles desprovistos de velos, radiantes con toda la luz de los cielos, en una gloriosa majestad.

Por qué buscamos el contacto

El amor de Dios

Nada hay más cerca de nosotros, salvo el amor de Dios, que la presencia de nuestros ángeles de la guarda. Nos conocen mejor, en forma más íntima, que nuestros padres o nuestros cónyuges. Se ocupan apasionadamente de nuestro bienestar espiritual y también de nuestra salud física en cuanto ésta pueda afectar lo espiritual (como siempre sucede). Desde el momento de nuestra concepción, nuestros ángeles guardianes nos han acompañado, manteniendo sin cesar su contacto con nosotros. Saben lo que hacemos, conocen nuestras preces, se enteran de cuanto vemos y decimos. Tienen a su cargo la vida y la muerte de toda célula viviente y nos aman, porque son seres enviados por Dios y Dios es amor.

Y el amor es la más básica, bella e importante de todas las comunicaciones, así como la más poderosa.

Es algo tan sencillo como el niño protegido en brazos de su madre y al mismo tiempo tan complejo como la mujer sin hogar, enferma de SIDA, que, cuando encuentra a alguien más necesitado que ella, le brinda su único tapado para que se abrigue. Es hermoso, porque el amor crea belleza en el espíritu que ama y del que es amado. El amor es importante, porque nos trae el recuerdo de Dios, y Dios es amor. Y es poderoso, porque puede transformar nuestras vidas con más fuerza que un terremoto.

El amor tiene necesidad de comunicarse. Ansía llegar al amado para que cada persona sepa que es admirada y querida y que alguien está cuidando de ella. Cuando le resulta imposible alcanzarnos por medio de hechos o de palabras, lo hace en espíritu. Necesita, debe comunicarse.

Nuestros ángeles nos aman, y porque nos aman sólo piensan en nuestro bien. Quieren que nos sintamos felices y estemos en paz. Desean que todos nos enteremos de cuánta es la sabiduría, la misericordia y el amor que ellos tienen. Quieren lo mejor para todos nosotros.

Por nuestra parte, también amamos a nuestros ángeles. Quizás hayamos tenido alguna intuición de su labor en algún momento de la vida, como la mano que nos retuvo en el momento en que íbamos a ponernos delante de un camión, o aquella oleada de consuelo cuando llorábamos la muerte de un amigo bienamado, muerto no hacía mucho. Y también, sencillamente, tenemos fe en la existencia de los ángeles y en que ellos nos aman y se ocupan de nosotros.

Pero, en última instancia, ya sea que hayamos visto o no a nuestros ángeles, hayamos podido hablar con ellos o no, lo que queremos es comunicarnos con esos seres. Deseamos verlos cara a cara para agradecerles todo lo que cuidan de nosotros y cuánto nos guían. El ansia de tener una de esas formas de contacto es absolutamente normal. No tiene nada de extraño. El amor se encarga de salir en busca de lo que debe amarse: Dios lo hace; nuestros ángeles nos buscan, y nosotros buscamos a Dios y a todos los que se relacionan con Él o provienen de Él. Para eso estamos hechos y eso es propio de la naturaleza humana.

El universo entero se maneja y alimenta con las energías del amor. El mundo se transformaría si todo, absolutamente todo lo relacionado con nuestras vidas, fuera motivado por el amor y recibiera su energía del amor. En mi opinión, creo que muy en lo hondo de mi corazón todos estamos enterados de esto, pero tememos vivir de acuerdo con esas reglas, tal vez con la esperanza de que algún otro ponga a rodar la bola para que todos los demás podamos seguirla. Los ángeles están en condiciones de ayudarnos a dar más fuerza a nuestro amor, de modo que por eso queremos buscarlos y aprender.

Pero el amor, si bien yo creo que es el motivo oculto de que hagamos todo esto, no es la única razón de que estemos siempre tratando de entrar en contacto con los ángeles. El miedo también constituye una gran motivación.

Las incertidumbres de la vida

Siempre he pensado que lo contrario del amor, en cierto modo, no es el odio sino el miedo, el temor. Porque el odio no es nada tangible, es un vacío que significa la total ausencia de amor, un cero absoluto en la escala de amor. El miedo, en cambio, es otra entidad; es lo que cualquiera de nosotros experimenta cuando no confía en el amor que alienta en nuestro corazón. Y por cierto que en estos días nuestras muestras de confianza son muy escasas. No creemos en nuestros hijos ni en nuestros cónyuges, en nuestro trabajo y ni siquiera en nuestro país. Como resultado de todo ello, podemos llegar a estar tan colmados de temores, incertidumbres y ansiedades, que al final nuestra vida se paraliza... Pero es imposible transformarlos. Nos sentimos descontrolados, o creemos que nos controla nuestra vida y no al revés. Queremos tocar a nuestros ángeles y sentir que ellos a su vez nos tocan, porque sentimos que no los afectan nuestros miedos: ellos creen y confían en el Amor, del cual son sin la menor duda sus servidores. De modo que, para nosotros, los ángeles constituyen una fuente de paz y tranquilidad que por todos los medios tratamos de asumir y aprender de ella. Muchas personas son llevadas a

alcanzar esa serenidad total que gobierna al ser
angélico tratando de compartirla o comprenderla
para que también pueda bendecir sus vidas.

Desde luego, habrá algunos que quieran llegar
demasiado lejos, gente que no desee tomar el control
de su vida sino que se alegraría de que la gobernasen
totalmente los ángeles. Se trata en esos casos de
sujetos cuya personalidad es tan frágil, o ha sido
tan sacudida, que para cualquier actitud que tomen
tienen necesidad de que alguien los guíe y con todo
gusto se apoyarían en sus ángeles. También esas
personas buscan entrar en contacto con sus ángeles.

La búsqueda de Dios

He comprobado, asimismo, que, para algunos,
los ángeles constituyen una suerte de figuras sustitutivas
de Dios. Muchos adultos consideran que el moderno
concepto de Dios les resulta inaceptable, o harto
impersonal y distante, como tampoco aceptan que,
según la antigua doctrina, Jesús sea Dios bajo una
forma humana, personal y accesible. Sin embargo,
la búsqueda de Dios forma parte de nuestro ser más
interior. Es universal la necesidad de estar unidos a
nuestra Fuente. Es, como lo ha dicho el filósofo
francés Blas Pascal, "el vacío en forma de Dios que
existe en el centro de todo corazón humano". Tales
personas ven con frecuencia en los ángeles aquello
que aún no pueden percibir en Dios: amor personal

que surge en ellos porque han sido tocados; una
sabiduría que no reconoce tiempos y los alcanza
para enriquecerlos; una fuerza increíble elaborada
para inspirarlos. (Desde luego que ningún ángel
habrá de estar dispuesto voluntariamente a que les
brindemos otra cosa que nuestro agradecimiento...
Ellos saben mejor que nosotros que de ninguna
manera son la Fuente.) Y he tenido ocasión de ver
que los ángeles intentarán aprovechar incluso esa
percepción fuera de lugar para conducir a esos individuos hacia esa Fuente.

Control

Existen también algunos individuos dispuestos
a salir en busca de los ángeles sólo para usarlos,
controlarlos o someterlos a sus deseos. Algunos
piensan que pueden aprovechar a los ángeles con
fines mediúmnicos para entrar en contacto con los
muertos o incluso para conseguir los números que
saldrán en la lotería la semana próxima. (Desde lo
más profundo de mi ser abrigo dudas en el sentido
de que alguno de mis lectores pueda formar parte
de este último grupo, poco numeroso por cierto.)
Los únicos ángeles que esas gentes podrían "conjurar"
son ángeles caídos, los ceros absolutos en la escala
del amor; y es mucho mejor no ocuparse ni tener
nada que ver con ellos bajo ninguna circunstancia.

Por siempre jamás, el contacto permanente

Este subtítulo corresponde a uno de mis episodios favoritos en *Star Trek,* llamado "El tiempo de Amok", donde se narraba cómo Spock y su prometida, T'Pring, habían estado espiritualmente unidos desde la infancia.

En mi opinión, es lo mismo que sucede en nuestra relación con los ángeles. Desde que fuimos concebidos, ni por un instante nuestros ángeles nos abandonaron o dejaron de concentrar en nosotros su atención. En cada microsegundo de mi existencia, con cada latido de mi corazón, Enniss, mi ángel de la guarda, ha estado comunicado conmigo a través de mi espíritu haciéndome notar a cada paso qué es bueno, juicioso y certero. Tu ángel de la guarda está haciendo lo mismo, ahora, en el preciso momento en que estás leyendo estas líneas. Es verdad que casi nunca podemos oír lo que nos dicen los ángeles, pero de todos modos ellos nos inspiran. Mientras dura nuestra permanencia en la tierra, nuestro ángel de la guarda se une a nosotros en forma más indisoluble, más íntima —y sin embargo menos conocida o entendida— que en el matrimonio. Nada hay que podamos hacer para desprendernos de su permanente atención. Ni siquiera la muerte constituye un divorcio, porque sabemos de casos como el que nos relata Andy Lakey, en los cuales nuestros ángeles guardianes están esperándonos en el momento en que nos desprendemos de la envoltura carnal para acompañarnos hasta la Casa del Señor.

Encuentros cara a cara

Pero enterarnos de todo esto no es suficiente para que sigamos ansiando que nuestros ángeles nos toquen de tal manera que podamos captar ese contacto mediante nuestros cinco sentidos... En realidad, tanto deseo no hace sino atizar las llamas de nuestra ansiedad. ¿Hay algo que podamos hacer para garantizar que algún día habremos de ver a nuestros ángeles y estar así en condiciones de hablar familiarmente con ellos?

Lamentablemente, la respuesta es no. Por más que leemos con más frecuencia que nunca de gentes que pudieron ver a su ángel de la guarda con los ojos de la tierra, en el momento de hablar con esas personas resulta que no son tantas como podría parecer. Se presentan por lo general, en situaciones de gran crisis o bajo tensiones muy intensas, o cuando estamos necesitados de un mensaje muy poderoso que sirva para cambiar la dirección de nuestra vida.

Los ángeles son entes soberanos, de libre albedrío, dotados de grandes poderes e intelecto, pero no están para ponerse a bailar sin más ni más ante nuestros ojos, o porque a nosotros se nos antoje. Los ángeles conducen su vida inmortal de acuerdo con la ley del Amor, pero no por deseo nuestro, por muy noble que esta voluntad pudiera ser. Nada hay que seamos capaces de hacer para obligarlos a que adquieran una determinada apariencia, si ellos pensaran que tal cosa no corresponde a nuestros mejores intereses. Si alguien viniera a decir que conoce un sistema infalible para entrar en contacto con los ángeles de cada uno mediante la mera voluntad y, desde luego, para recibir su respuesta a continuación, que nadie se sienta tentado a aplicar esos métodos por ninguna razón. A lo sumo, todo cuanto uno podría hacer es impresionar también la mente de la otra persona, lo que equivale a un ciego que sirve de guía a otro ciego; pero lo malo es que también podríamos tropezar con un espíritu oscuro que se haya disfrazado de ángel custodio. Y que nadie se sienta tentado cuando alguien venga a decirle que está en condiciones de ponerlo en contacto con su ángel de la guarda, porque sólo perderá el dinero que de seguro le pedirá. El dinero no les sirve de nada a los ángeles; por lo tanto, ¿con qué objeto iban a firmar contrato para presentarse en determinado lugar, como podría hacerlo cualquier estrellita en busca de publicidad? Si un ángel quiere llegar hasta nosotros en forma tal que podamos reconocerlo, lo hará, y en cuanto a la persona favorecida por el encuentro, no abrigará luego la menor duda en el sentido de que ha tropezado con un ángel de luz. Nadie necesita, y por lo tanto nadie tendría que buscarlo, un intermediario o medium que le permita ponerse en contacto con los ángeles.

Es una pregunta que me hacen casi a diario: "¿Cómo puedo hacer para entrar en contacto con mi ángel de la guarda?". Y siempre respondo que todos lo hemos hecho ya y que, además, el ángel siempre ha respondido. Cuando les doy esa respuesta, todos protestan diciendo que no han podido oír las palabras de sus ángeles ni han podido verlos.

Sí, todos los han oído y los han visto alguna vez; pero no se han dado cuenta. Para conseguirlo, necesitamos desarrollar nuestra visión interior, nuestra conciencia hacia dentro, oír lo que sucede dentro de cada uno. Sólo entonces van a funcionarles los ojos y los oídos.

Y no hay otra forma de desarrollar la sensibilidad con respecto a nuestros ángeles, que constantemente nos hablan en lenguas angélicas, que están mucho más allá de lo que pueden captar los sentidos humanos. Hemos de preparar nuestro espíritu y nuestro corazón, y en ocasiones incluso nuestro cuerpo, y entonces sí estaremos en condiciones de que los ángeles lleguen hasta nosotros en tal forma que podamos reconocerlos como seres angélicos. Y los motivos que nos muevan a desear tales encuentros han de ser puros y en absoluto originados en algún interés personal. Incluso así, debemos aceptar que tales encuentros podrían llegar a no concretarse nunca. No hay ruego ni promesa, por grande que sea, capaz de impulsar a nuestros ángeles a ponerse en contacto con nosotros. Nuestras conversaciones con el ángel custodio de cada uno —en lento avance— han de buscarse dentro de los límites del reino espiritual, y nunca en la esfera física. Cuando sea necesario, dentro de esta dimensión, llevar a cabo una entrevista con nuestro custodio, Dios y nuestros ángeles habrán de encargarse de que ello sea posible.

¿Qué determina el contacto?

Cuatro factores, que han de presentarse juntos, determinan si advertiremos o no que tenemos un contacto con nuestros ángeles:

- ✪ si forma parte del plan de Dios
- ✪ si en verdad conocemos y entendemos qué son y qué hacen los ángeles, así como aquello que pueden hacer o no
- ✪ si son puros nuestros deseos para desear un encuentro de esa clase
- ✪ si estamos preparados para un encuentro

El primero de esos factores —si forma parte del Plan— está totalmente fuera de nuestro control. Sin embargo, entiendo que si rezamos con fervor y sinceridad pidiendo el privilegio de ver a los ángeles de Dios con nuestros ojos de seres humanos, así como merced a nuestra percepción interior, el encuentro podría concederse.

Desde luego, la concesión de ese pedido habrá de depender siempre del porqué de nuestro deseo de tener un encuentro angélico. Si las razones son puras y libres de motivos tales como la autogratificación, una curiosidad ociosa o el deseo de controlar a otros, o incluso sentir celos de quienes sí han tenido encuentros con ángeles, entonces podríamos estar más cerca de que el deseo nos sea concedido.

Y en cuanto se refiere a estar preparados o no, ya es una cuestión del estilo personal de nuestra vida, algo que discutiremos más adelante.

"Cor ad Cor Loquitur" — El corazón habla al corazón

Si bien nadie está en condiciones de garantizar que veremos realmente a nuestros ángeles en su dimensión angélica, creo que es muy posible mantener contactos progresivos... y, a decir verdad, me parece que todos deberíamos tratar de lograrlos. Todos deberíamos buscar alguna forma de concordancia con esos ángeles que cuidan de nuestra vida.

El lema latino *Cor ad cor loquitur* es de John H. Newman, el recordado cardenal. Y según creo, tendría que ser también el lema de todos aquellos que seriamente viven observando a sus ángeles, ya que por medio de nuestro corazón y nuestro espíritu podemos llegar con mayor frecuencia al contacto con ellos. Los seres angélicos se sienten particularmente atraídos por quienes buscan la dimensión espiritual de su vida.

Según ya hice notar, los ángeles se mantienen en contacto permanente con nosotros. No están vigilándonos desde ningún palco reservado ni desde una tribuna de preferencia. Todo lo contrario, se hallan muy cerca de nosotros, a pesar de que no podamos verlos. Y hasta en aquellos momentos en que no participan de manera directa de las cosas que nos ocurren, de todos modos nos envuelven en su amor y su atención, nos rodean con su dedicación, su santidad y su luz. En todo caso, es posible que por la forma diferente de nuestros cuerpos no podamos tocarnos materialmente, pero nuestros corazones sí lo hacen, poco menos que a voluntad, siempre que nos esforcemos una y otra vez por alcanzar esa clase de sensibilidad ante la presencia de los ángeles que puede facilitarles la tarea.

No es cosa difícil, y mucho menos ardua, advertir y reconocer la presencia oculta de los ángeles en nuestra vida, pero sí algo muy sutil que requiere de una gran paciencia. No existe truco alguno ni hay artilugio ni juego de manos que sean capaces de sintonizar nuestros corazones con la longitud de onda angélica en el momento en que se nos ocurra. Para conseguirlo, es preciso trabajar.

Longitudes de onda angelicales

Cuando los ángeles impresionan nuestra vida en forma visible o nos hablan en forma directa aunque no haya ninguna otra persona presente, lo hacen porque se avienen a descender hasta nuestro nivel, modificando su propia "longitud de onda" para ponerla en sintonía con la nuestra, a fin de que podamos captarlos. Cómo lo hacen, es un misterio. Pero, según parece, no les molesta en absoluto hacerlo, o sea manifestarse para que los perciban nuestros sentidos corporales: jamás se me ha informado de alguien cuyo ángel le haya parecido cansado. Pero salta a la vista que nuestros sentidos no son tan discretos ni tan sutiles como para alcanzar a ver a los ángeles en su propia dimensión, de modo que no les queda otro remedio que llegar ellos a la nuestra.

Sin embargo, hemos de reconocer que nuestro espíritu y nuestro corazón son dueños de suficiente sutileza como para comunicarnos con nuestros ángeles por medio de la práctica y del amor, de modo tal que lleguemos a comprender esa comunicación con los humanos. Todos estamos hechos de cuerpo y alma, y mientras debamos vivir en este mundo con nuestro cuerpo, nuestro espíritu tiene vida propia y un destino que sobrepasa la duración de nuestro físico. Los espíritus están hechos para que, llegado el momento, su destino sea el mismo reino que habitan los ángeles por naturaleza. Los cristianos denominamos cielo a ese reino, que no es sino el reino de Dios. También se lo llama paraíso o nirvana, entre un centenar de distintos términos empleados.

Lo que quiero significar con esto es que tanto nuestro espíritu como nuestros ángeles se encuentran en la misma longitud de onda. Nuestros ángeles siempre nos han tocado el corazón, pero no estábamos en condiciones de interpretar su mensaje por la sencilla razón de que ignoramos el lenguaje en que se expresan. Si adiestramos el corazón de modo tal que sea capaz de hablar el idioma del cielo, entonces sí estaremos en condiciones de llegar a nuestros ángeles también nosotros.

¿Cómo podemos hacerlo?

Cómo aprender el lenguaje de los ángeles

Primero, echar los cimientos

Hace muchos años decidí aprender francés porque tenía intenciones de hacer una peregrinación al Mont Saint-Michel, el gran santuario dedicado al arcángel que se levanta en Normandía, no lejos de la costa. Puesto que era una persona adulta, sin necesidad de atarme a horarios escolares, tuve libertad para decidir cómo y por qué deseaba aprender ese idioma. Y entonces descubrí que quería aprender francés por una razón muy clara: poder expresarme con claridad suficiente como para hacerme entender por la gente de la región visitada. En otras palabras, no me interesaba saber francés para leer la literatura de sus grandes autores y tampoco como para traducir ese idioma al inglés.

En consecuencia, destiné la mayor parte del tiempo a leer libros de historietas en francés, obras de teatro modernas con mucho diálogo, y escuchar la radio de onda corta canadiense, en lugar de meterme a leer a Voltaire o Balzac en ediciones baratas. Después de todo, mi intención no era expresarme en el francés del siglo pasado. Y tuve un éxito absoluto. Comprobé que me bastaba con prestar atención a lo que me decían en francés normando e incluso con mirar los labios al hablar, para entenderlo a la perfección, y con mucha práctica conseguí también la entonación y hasta el ritmo con que hablan allá. No voy a negar que llegué a padecer intensas jaquecas debido a la concentración que aquello me exigía; pero terminé ganando, y como resultado de todo eso mi peregrinación ha pasado a convertirse en uno de los hitos de mi vida.

Ahora bien, si lo que buscamos es aprender a comunicarnos con nuestros ángeles por medio de la palabra, tendríamos que hacer en gran medida lo mismo que hice para aprender algo de francés: priorizar, decidir qué clase de contacto deseamos tener y qué es lo que desearíamos ver cumplido como resultado de nuestra conversación.

Poner los cimientos implica considerar con toda seriedad dónde nos hallamos en nuestra vida espiritual y tratar de entender cuánto nos resta todavía por crecer. Sorprende advertir hasta dónde llega el número de personas que nunca se pusieron a examinar bien de cerca cómo consideran el mundo del espíritu. En suma, es indispensable saber en qué punto estamos antes de que pueda decidirse hasta dónde se quiere ir.

Ejercicio uno: ¿Quién soy en el cosmos, Señor?

Conocerse a sí mismo no es por cierto tarea sencilla, pero sí esencial —puedo dar fe de ello—, siempre que nuestro deseo sea llegar a aprender cómo ponernos en contacto con nuestros ángeles. Ellos están observándonos con muchísima más precisión que nosotros mismos. Pueden recordar cada una de nuestras respiraciones. Eso es algo que jamás podríamos igualar, pero, en cambio, podemos y debemos tratar de recordar todo cuanto hemos hecho en este mundo. Llevar a cabo una especie de autobiografía mental.

Para preparar esas memorias, o como se las quiera llamar, tendrá que disponer de algunos momentos particularmente calificados del día o de la noche, aquellos en los cuales nuestros procesos mentales no se ven perturbados por nada y por lo mismo se muestran más activos, ya que éste será un ejercicio de la mente y la voluntad. Elija una habitación tranquila o un espacio abierto, con tal de que allí se produzca el menor número posible de distracciones. No ponga ninguna clase de música, puesto que este ejercicio ha de ser una entrega muy seria y de total concentración. Escoja también una silla cómoda o adopte una postura erecta y alerta, de ningún modo relajada ni carente de un enfoque definido.

Tómese unos minutos antes de acostumbrarse al ámbito que haya a su alrededor, que serán aprovechados asimismo para expulsar de su mente toda posible preocupación. A renglón seguido, deberá expresar lentamente una breve oración implorando ayuda y cooperación. En mi caso particular, siempre dirijo esa plegaria a Jesús, porque en Él veo a Dios bajo forma humana, un hombre capaz de conocerlo todo mejor que cualquier otro que jamás haya pisado esta tierra. Se elevará esa plegaria a la Altísima Fuente que cada uno reconozca como existente fuera de nosotros, diciendo algo similar a lo que sigue:

Humildemente trato de saber de mí cuanto pueda saber: quién soy, de dónde provengo, hacia dónde voy, y qué es lo que deberé hacer en éste mi viaje por este mundo. Pido ayuda y esclarecimiento para comprender qué significa ser humano, qué significa ser yo. Doy gracias por el conocimiento e iluminación que necesito para hacer esto.

Después, permanezca sentado alrededor de un minuto y formúlese esta pregunta: "¿Quién soy?". Y a partir de entonces empiece a contestar, con todos los detalles de que sea capaz, todas las conexiones y recuerdos posibles. No hay respuestas correctas o equivocadas; cualquier cosa que usted "sea" es correcto. Intente establecer todas las relaciones, todas sus cualidades y defectos, cada experiencia pasada:

Soy Eileen Elizabeth Elias Freeman. Soy aquella chica que iba a la Carteret Grammar School de Bloomfield, Nueva Jersey, que se ponía a saltar a la cuerda justo a la hora del almuerzo. Soy la chica cuya abuela le enseñó a leer a los tres años. Soy la hija de Alex y Helen Freeman. Soy aquella chica que detestaba levantar la mesa y lavar los platos después de cenar, y que estuvo a punto de perder a su gato cuando le dio una comida equivocada. Soy aquella alumna de segundo año cuyo primer enamorado la invitó a la Biblioteca Pública de Nueva York para estudiar genealogía. Soy la chica que quiso convertirse al catolicismo cuando tenía once años. Soy la adolescente cuyo padre le anticipó que algún día sería escritora. Soy la mujer convencida de que todos tenemos nuestro ángel de la guarda. Soy la persona que desearía ser más paciente cuando tiene que esperar en una cola.

Las que anteceden son sólo unas pocas afirmaciones dispersas, tomadas al azar, acerca de quién soy. Es fácil ver que se recorre toda la escala.

Las afirmaciones que se hagan acerca de quiénes somos tendrán que contener la mayor exactitud posible. Si se trata de una cualidad que forma parte de nuestra vida, si es una esperanza que se abriga para disfrutar durante la vida, si forma parte del pasado o del presente, todo eso también deberá mencionarse.

Cuando haya terminado —cosa que puede demandarle horas o incluso varias sesiones por el estilo— dé gracias por todo lo que es, lo que ha hecho y lo que desearía ser. Para entonces, lo más probable es que haya expresado al menos un millar de declaraciones acerca de quién es, y se percatará de cuán complicado es, y con cuántas otras vidas, las vidas de otros, ha tenido que ver. Sus ángeles acudirán en su ayuda, porque es importante para ellos que su propia autoconciencia se acreciente.

Este ejercicio sólo deberá realizarlo una vez, siempre que le conceda el tiempo y la atención que realmente merece. No obstante, podrá repetirlo en caso de que quiera agregar más detalles a sus propias apreciaciones respecto de lo que es.

Ejercicio dos: ¿Quién eres tú, Señor?

Poder capacitarnos para entender el idioma que hablan los ángeles dentro de nuestro corazón depende en buena parte de nuestra autoconciencia. Pero depende más aún de nuestra disposición para encontrarnos con lo divino, con Dios, la Luz, la Fuente tanto de nuestra vida como de la vida de los ángeles. *Si no nos entregamos a la búsqueda de Dios, nunca estaremos en condiciones de establecer una relación fructífera con nuestros ángeles*. Según creo, acabo de escribir la frase más importante de todo este libro en lo que concierne a nuestros ángeles.

Los ángeles provienen de Dios; fueron creados como servidores del Señor, para reflejar la gloria de Dios y para observarnos tanto a nosotros como cuanto existe en el cosmos. Provienen de Dios y tienen su lugar dentro de la luz y el amor de los cielos. Lo único que les interesa es llevar a cabo el cumplimiento de los planes de Dios. Si deseamos hablar con ellos "donde ellos habitan", habremos de hablarles de las cosas que les interesan.

Los ángeles se expresan utilizando el lenguaje de Dios... que no es sino el lenguaje del amor. Si lo que deseamos es conversar con nuestros ángeles, es preciso que también nosotros nos expresemos en ese idioma, y podemos aprender a hacerlo. Pero antes tendremos que poner bien en claro quién o qué consideramos que es Dios.

Este segundo ejercicio tiene la misma preparación que el primero, pero el objetivo de nuestra búsqueda se dirige ahora hacia Dios, sea como fuere que lo concibamos. Tampoco en este caso habrá respuestas correctas ni erradas, puesto que el propósito será sacar a la superficie cuál es, en toda sinceridad, el sitio que usted ocupa en su relación con lo divino.

Una vez preparado, formule sus deseos, eleve su plegaria hacia el Altísimo que reconozca fuera de usted mismo, y diga algo más o menos así:

> *Con toda humildad trato de comprender la profundidad y la amplitud de cuanto sé y todo lo que sinceramente creo acerca de Dios. Pido una clara visión que me permita llevar a la superficie todas esas verdades y doy gracias por la conciencia de ellas que me sea dable obtener.*

A continuación exprese con toda calma y claridad lo que sabe y aquello en lo que cree. Si considera usted que Dios es alguien con quien mantiene una relación, háblele directamente. Diga, por ejemplo: "Creo que amas a toda la creación". De no ser así, háblele como lo hizo antes: "Creo que Dios existe. Creo que el Universo es consciente", etcétera.

Cuando haya terminado, tendrá una noción mucho más clara de lo que con toda sinceridad cree acerca de Él. Este segundo ejercicio deberá hacerse, por lo menos en forma muy breve, antes de cualquier meditación o llamado que queramos dirigir a nuestros ángeles.

El contacto con nuestros ángeles

Una vez completados estos ejercicios fundamentales, será necesario que reconozcamos qué razón tenemos para querer entrar en ese contacto de corazón a corazón con nuestros ángeles. Resulta esencial saber cuál es nuestra motivación. Las habrá muy elevadas y nobles, y muchas no pasarán de lo común. Pero siempre es esencial que se establezca dicha motivación. Un ángel tiene derecho a saber por qué deseamos conocerlo en forma más personal.

He aquí algunas de las razones que he podido oír recientemente:

❂ Quiero llevar una vida más santa de acuerdo con la voluntad de Dios, y creo que mi ángel de la guarda puede ayudarme en esa tarea.

❂ Quiero contar con alguien que me guíe en la vida, mostrándome qué es lo que debo hacer hasta en las cosas más pequeñas, y tengo la certeza de que el juicio de los ángeles es mejor que el mío.

❂ Siento una gran curiosidad por los ángeles, y deseo saber más acerca de lo que son.

❂ Quiero sanar al mundo, y los ángeles son sanadores.

❂ Quiero entrar en contacto con mi madre que está en la otra vida. Creo que mi ángel probablemente la conoce y puede traerme sus mensajes.

⊗ Quiero desarrollar los dones y talentos que Dios me dio.

⊗ Quiero que los ángeles resuelvan mis problemas por mí.

⊗ Creo que los ángeles pueden anticiparme el número de la lotería.

Desde luego, no todas estas respuestas son las adecuadas, y de seguro que si nuestros motivos se apartan mucho de la realidad vamos a tener grandes dificultades para establecer contacto con los ángeles en esos niveles. Pero creo que, aun en el caso de que nuestros motivos no sean de lo más perfectos, e incluso si están muy lejos de lo debido, siempre nuestros ángeles se ocuparán de aprovechar la ocasión para elevarnos.

La búsqueda de Dios

Los pequeños ejercicios preliminares descritos más arriba sólo constituyen una preparación para iniciar el proceso de sintonizarnos en la longitud de onda de los ángeles que nos hablan desde el corazón. A través de ellos podemos entender mejor quiénes somos, quién pensamos que es Dios (la *raison d'être* para los ángeles), y por qué deseamos tener un contacto más estrecho con nuestros ángeles.

¿Pero cómo hacer en realidad para establecer ese lazo que nos permite entender lo que nos dicen

cuando nos musitan sus palabras de amor y aliento?
La única forma que conozco es buscar a Dios, dirigir
nuestro corazón, la mente y la voluntad, hacia la
Fuente de cuanto existe, y no cambiar nunca, reconocer
que venimos de Dios y estamos retornando a Él, lo
mismo que todo lo creado. Y para buscar a Dios es
necesario rezar, es decir, volverse directamente a la
Divinidad y meditar sobre las cosas de Dios.

Este libro no es un ascético manual de plegarias,
ni tampoco un sistema de meditación. De unas y
otras existe gran número de obras a disposición de
todos: plegarias judías, cristianas, musulmanas y de
muchas tradiciones religiosas, todas las cuales enseñan
la técnica de la oración; y un número similar de
formas y sistemas de meditación, tantos como personas
escriban al respecto. Cualquier técnica, de cualquier
tradición, si es capaz de relajar adecuadamente y
disciplinar el cuerpo físico a fin de que libere al
espíritu y lo deje remontarse hasta los ángeles, es
buena.

De todos modos, el factor que en verdad importa
es la perseverancia. Es allí donde ha de trabajarse
para alcanzar un corazón angélico. No es posible
limitarse a un roce superficial, por más que el novato
en el doble concepto de la plegaria y la meditación
necesitará probablemente varios intentos antes de
dar con el método que mejor se acomode al propio
espíritu.

Buscar lo que está por encima

Además de la búsqueda de Dios y juntamente con ella, creo que también hemos de buscar la divinidad —y hacerlo en forma activa— dentro de nosotros mismos, en la vida de cada uno. Existe un viejo dicho de los indios norteamericanos, por cierto que bastante mutilado, que en esencia dice algo así: "Nunca juzgaré a nadie hasta no haber caminado un par de kilómetros en sus mocasines". Si lo que ansiamos es poder conversar de corazón a corazón con nuestros ángeles, lo primero será conocer algo de lo que hacen y qué son. Y la mejor manera de lograrlo es estar allá, "caminar en sus mocasines", por así decirlo. Desde luego que no habremos de convertirnos en ángeles; pero sí podemos igualarnos a ellos por lo que hacemos.

¿Y cuál es la esencia del amor angélico? Trabajar en forma secreta en la vida del amado, para ayudarlo a crecer en el amor, el gozo, la sabiduría, la paz y todas esas cualidades que brillan sobre nosotros en el cielo. Buscar a los ángeles no significa sólo que nos comprometemos a buscar a Dios, sino a volvernos —tanto nosotros como nuestra vida— más santos. Significa liberarnos de los celos, porque ese sentimiento es absolutamente ajeno a la vida de un ángel. Significa desprendernos del odio y crecer en espiritualidad, porque los ángeles son amantes y generosos. Significa llevar una vida positiva que no esté regida por los temores ni las ansiedades, ya que los ángeles saben que vivir en Dios destruye los temores.

Y significa aproximarnos a otros para ayudarlos. Esto es algo que nunca podré subrayar lo suficiente. Si lo que ansiamos es funcionar en la misma longitud de onda que nuestros ángeles, tendremos que ayudar a los otros a que puedan elevarse. No sólo tendremos que amar, sino demostrar qué y cuánto amamos. No sólo estar en paz con nosotros mismos, sino dejar que toda la paz posible inunde la vida de los otros.

Existen ya en nuestro país lo que hemos dado en llamar "círculos del ángel secreto", algo parecido a lo que hacíamos en el colegio cuando jugábamos a la amiga desconocida y nos enviábamos regalitos sin revelar la procedencia. Quienes forman parte de esos círculos se dedican a enviar en forma anónima cartas u obsequios de escaso valor material pero de naturaleza angélica a personas determinadas. Puede tratarse de cositas tan sencillas como un pensamiento extraído de una postal con algún mensaje inspirador, o una nota para que quien la reciba sepa que alguien en el mundo lo ama y está dispuesto a ayudarlo en la necesidad. A mí me parece que esa clase de actividades debe figurar entre los recursos con que contamos para sintonizar mejor nuestra vida con los ángeles.

En nuestra casa podríamos realizar tareas encomendadas a otros, sin que ellos se enteren. En nuestra ocupación, podemos enviar tarjetas de aliento o aprecio a una persona que trabaja con nosotros. Convertirnos en el ángel secreto de alguien constituye una manera excelente de volvernos más sensitivos para la labor de esos ángeles que trabajan en favor de nosotros sin que podamos verlos.

Otra forma de ayudarnos a ser más sensibles a la presencia de los ángeles es comenzar a buscarlos por todas partes, incluso donde comemos o donde hacemos nuestras compras. Porque los ángeles están en todas partes. Cuanto más esfuerzo hagamos por ver, más advertiremos que los ángeles han penetrado muchísimo en nuestra vida diaria. ¿Nunca vimos acaso en un estante del supermercado cómo ofrecían una sopa de cabellos de ángel? Y hay cientos de productos que por su nombre mantienen alguna conexión con ellos. ¿A cuántos conocemos que se llaman Miguel? ¿Y cuántas pizzerías responden al nombre de Angelo? En el diario que leímos esta mañana, ¿no hallamos ninguna referencia, por pequeña que fuera, a algún ángel? ¿Y cuántas veces se los menciona en los programas de radio y TV? ¿Y las películas con ángeles? Se calcula que un diez por ciento de las canciones populares mencionan a algún ángel. Hay que buscar y buscar, porque cuanto más se busque, más referencias se hallarán. Y todas esas referencias nos recordarán que la ubicuidad de los ángeles les permite estar en todas partes sin que podamos advertirlo.

De modo que, y para resumir un capítulo que requeriría tanta extensión que no bastaría toda una

vida para leerlo: esos ángeles que en realidad se
nos aparecen es porque se han avenido a descender
a nuestro nivel. Lo hacen sólo cuando la Divinidad
a la que sirven lo estima adecuado. En consecuencia,
no hay nada que podamos ni debamos hacer para
obligar a que algo así ocurra en nuestra vida. Pero
los ángeles siempre están hablando a nuestros corazones, para hacernos notar cuánto nos aman y se
ocupan de nosotros y nos cuidan. Si llegamos a
saber quiénes somos, si logramos saber qué creemos
acerca de Dios —sin importar el nombre que demos
a ese Dios— y si entendemos nuestros motivos para
anhelar una comunicación de corazón a corazón
con nuestros ángeles, es seguro que podremos trabajar
en ese sentido y alentar grandes esperanzas de éxito.
No obstante, comprometernos para buscar a ese ángel
interior equivale a comprometernos para buscar a
Dios y convertirnos en el ser más amante que podamos
respecto de nosotros mismos y de los demás. Y a
medida que vamos progresando en ese compromiso,
nuestra longitud de onda personal se acercará más
y más a la de nuestros ángeles, ya que ellos viven
para amar y para el Amor, y estaremos en condiciones
de comprender cómo nos guían y seguir ese camino.

Sólo entonces sabremos cuándo intervienen en
nuestra vida por nuestro bien.

Capítulo Trece

¿Cómo saber que hemos sido tocados por los ángeles?

Una de las preguntas que con mayor frecuencia me hacen es la que se refiere a cómo distinguir que un encuentro angélico no ha sido más que un producto de la imaginación... cuando no de algo peor. Otros me hacen la pregunta en términos más directos y me dicen: "Creo que un ángel ha llegado hasta mí. ¿No estaré loco? ¿Cómo puedo saber que en realidad se trataba de un ángel?".

Se trata por cierto de una pregunta excelente. Cualquiera que se halle seriamente interesado en la cuestión tiene esperanzas de llegar a alguna forma de contacto personal con sus ángeles. En realidad, tan popular se ha hecho el tema de los ángeles en esta época, que por todas partes están surgiendo agrupaciones que quieren ayudar a la gente a tomar contacto con sus guardianes celestes o, por lo menos, evaluar sus propias experiencias. Algunas de esas propuestas se apoyan en bases sanas y otras no, y tengo la certeza de que sólo emergerán unas pocas puramente comerciales y desprovistas de otro interés que no sea el monetario.

En virtud de ello se torna esencial poner a prueba a los espíritus a fin de saber, para decirlo con las palabras de San Pablo, si son o no "de Dios". No todo lo que nos enciende el alma o causa una descarga de endorfinas en nuestro interior es un ángel. En realidad, yo creo que muchas de las experiencias que la gente dice haber tenido con los ángeles no deben atribuirse a ellos, por mucho que nos plazca creerlo.

El motivo de que debamos examinar profundamente cualquier encuentro de tipo espiritual es en que no podemos equivocarnos al respecto. Después de todo, los ángeles no se aproximan a nosotros a menos que se trate de algo muy importante. Si en verdad un ángel ha tocado nuestra vida, hemos de tomar conciencia de ello tanto como sea posible; queremos extraer de ese encuentro hasta el último trocito que pueda nutrirnos a fin de que sigamos creciendo.

Si bien en la actualidad se recibe información de un mayor número de presuntos encuentros angélicos, lo cierto es que ese tipo de contactos con criaturas a las que consideramos angelicales son lo bastante desusadas como para que, a lo largo de los siglos, se hayan creado ayudas espirituales o pautas diversas para examinarlos. El objeto del discernimiento espiritual (o del pensamiento crítico, como podría denominarse su contraparte secular) es comprender el origen de toda experiencia paranormal, con el propósito de que podamos agradecer a Dios por la ayuda que nos ha prestado.

Las presuntas apariciones angélicas se pueden atribuir a infinidad de causas, siendo las más comunes las que siguen:

- Un ángel auténtico, enviado ya sea abiertamente o bajo forma de ser humano (o cualquier otro) a modo de disfraz.

- Un profundo anhelo personal por alcanzar la plenitud, la Luz o Dios, que termina creando una visión angélica fuera de ese anhelo. (Yo creo que en esto hay una pequeña diferencia con la mera expresión de deseos o la visión del monstruo de ojos verdes.)

- Una enfermedad, física o emocional, o sólo una fuerte impresión natural que produce una visión.

- Un fenómeno natural o algún agente humano que pueden confundirse con un encuentro angélico. (Muchas veces la luz de la luna o el resplandor solar pueden ser la causa.)

- Cualquier truco o engaño producido por terceros en forma deliberada (como hacen sin ir más lejos los medium, que recurren a artefactos para producir la aparición de ángeles con el único fin de sacar dinero al cliente.)

- Trucos o engaños similares causados también en forma deliberada por un ángel caído, para confundirnos o perjudicarnos espiritualmente. (Es algo poco común, pero suele suceder.)

Las enumeradas son todas causas posibles, pero, en mi opinión, las que se presentan con más frecuencia son las dos primeras.

Como seres racionales y conscientes, resulta esencial poner a prueba todos esos encuentros con ángeles, comparándolos con lo que sabemos que puede ser verdad, además de sensato, portador de luz y de amor. Enturbiar las aguas de la experiencia religiosa tildando de encuentro angélico cualquier fenómeno paranormal, sin tratar siquiera de evaluar el hecho, no es justo ni para nuestros ángeles ni para nosotros mismos.

¿Ángeles de nuestro interior?

Si hemos tenido una experiencia personal con un ángel, lo que hemos de hacer es examinarla, tanto a ella como sus efectos secundarios, para sólo entonces llegar a la conclusión de que hemos tenido un encuentro sobrenatural. Porque resulta fácil confundir nuestro natural e intenso deseo de ver a Dios, que es la fuente de todo, a través de uno de sus mensajeros.

Aquí voy a permitirme referir un caso que puede servir de ejemplo: cierta vez recibí un mensaje de una señora, que me telefoneaba desde la costa del Pacífico para decirme que había tenido uno de esos encuentros. Me dijo que la noche anterior, en un sueño, llegó hasta ella un ángel envuelto en una luz maravillosa para advertirle que no condujera su coche durante los tres días siguientes.

Comparó la inefable belleza de aquel ángel con la que exhiben los retratos de los grandes maestros de la pintura. Afirmó que se había sentido muy feliz de recibir ese mensaje, al cual consideraba tan real que casi no podía creerlo, y me preguntaba si era posible que un ángel se presentara en medio de un sueño.

Mi respuesta fue afirmativa, ya que los ángeles por cierto se acercan a nosotros en sueños. La Biblia —por no citar sino una entre muchas fuentes— contiene más de un relato donde los ángeles se presentan a los seres humanos durante el sueño, a fin de traerles el mensaje de Dios. Todos recordarán el sueño de Jacob, en el que veía a los ángeles subiendo por la escala que llegaba hasta el cielo. Lo mismo que los tres sueños de José, también poblado de ángeles, y los sueños que tuvieron los Reyes Magos para ponerse en camino en busca del pesebre donde acababa de nacer Jesús. Son, todos ellos, otros tantos testimonios de que los ángeles del Señor llegan hasta nosotros en sueños para traernos su mensaje. Porque los ángeles siempre están dispuestos a recurrir a cualquier medio disponible para atraer nuestra atención cuando tienen necesidad de comunicarnos algo, y los sueños son uno de esos medios.

A aquella mujer que me llamaba me limité a preguntarle:

—¿Está usted segura de que se trataba de un ángel y no sólo de un sueño?

—¿Y qué otra cosa podía ser? —me respondió, casi tajante—. Parecía tan real. Era tan hermoso y dulce. Y su mensaje pudo haber sido transmitido para salvarme de un terrible accidente de automóvil en cualquiera de los tres días siguientes. ¿Acaso no es esto lo que se encarga de hacer nuestro ángel de la guarda... Salvarnos de cualquier daño?

Desde luego, no me correspondía juzgar si el sueño aquél había sido en verdad un encuentro con su ángel guardián o con algún "ángel" que esa mujer llevaba en su interior. Pero eso sí, la insté a que analizara con mucho cuidado por qué creía que su sueño había sido un encuentro angélico a fin de recibir un mensaje y no el producto de su propio psiquismo. Al parecer, la descoloqué un poco cuando le aconsejé precaución en momentos en que se aprestaba a guardar su coche en el garaje durante los tres días recomendados, pero de todos modos me prometió que lo haría.

No volví a oír de aquella señora por algunas semanas y ya me había olvidado del asunto, cuando volvió a telefonear.

Llena de interés le pregunté cuál había sido su decisión con respecto al sueño de aquella noche, y me contestó:

—Decidí que aquello debió haber sido un verdadero

encuentro angélico y durante tres días no subí a mi automóvil; pero ahora creo que lo estoy viendo de otra manera y no termino de ponerme de acuerdo conmigo misma al respecto.

Como consecuencia de aquello mantuvimos una extensa conversación y le pedí que volviera a contarme su sueño con más detalle, y lo único que pudo referirme fue la poderosa impresión que le había dejado aquella brillante silueta del sueño advirtiéndole que no condujera durante tres días.

Ansiedad o confianza

—¿Y cómo se sintió aquel día al despertar?

—Estaba más bien asustada —debió admitir—. En realidad, durante largo tiempo no pude volver a conciliar el sueño. Dormí por ratos, me sentí muy intranquila.

Factor de discernimiento 1: Los encuentros con ángeles no nos dejan una sensación de ansiedad ni temores indefinidos

Los ángeles son seres de luz; viven su vida plenamente en paz y en el gozo de saber que están actuando en un todo de acuerdo con su naturaleza. No se limitan a presentarse ante nosotros, entregarnos su mensaje y desaparecer dejándonos con miedo y ansiedad. Por lo menos no lo hacen sin dejarnos la

solución para nuestras ansiedades. Dios es la Certidum-
bre difinitiva, la afirmación de toda bondad; las
inspiraciones que nos llegan de Dios, ya sea a través
de sus ángeles o por cualquier otro medio, son completamente positivas y concebidas para nuestro mayor
beneficio. Por supuesto, tales mensajes no son todo dulzura y luz. Pero, por muy duro que nos resulte recibirlo,
siempre trae amor, siempre es positivo y claro.

Un verdadero mensaje de los ángeles nos deja
con una sensación de confianza, para nada ansiosos.
No importa que el mensaje sea gozoso o cargado de
íntima sobriedad, siempre sentiremos una gran confianza
interna en el sentido de que el contenido del mensaje
nos será de provecho, es adecuado para nosotros y
armoniza con lo que, en lo más hondo del espíritu,
sabemos qué son las cosas correctas y sinceras. En
otros casos, el mensaje podrá aumentar nuestra
comprensión de lo que somos y para qué estamos
en la tierra, porque nos conduce hacia lugares más
profundos de nosotros mismos, en corazón y en
espíritu; pero aun en un caso así, al final siempre
sentimos una confianza absoluta y plena de que el
mensaje es verdadero.

Lo que acabo de decir no ha de confundirse
con el temor inicial que puede dejarnos un encuentro
angélico. Sabido es que en la mayoría de los casos
un ángel que se presenta bajo forma celestial comienza
sus palabras con una breve frase: "No temas", o
algo muy similar. Muchas veces he pensado que
hay sólo una y notable excepción a lo que acabo de

decir: María, la madre de Jesús. Sólo en su caso el ángel comenzó diciendo lo que equivaldría a un saludo formal, común, y las Escrituras registran que, mientras se preguntaba si Gabriel estaría dirigiéndose a ella al decirle "Salve María, llena eres de gracia"... ella sencillamente no tenía ningún temor. (Conviene notar que Gabriel explicó también que se expresaba en esos términos para que María no quedara confundida: María había sido favorecida por el Señor al ser elegida para alumbrar a su Hijo.)

Confusión o claridad

Proseguí mi conversación con aquella mujer y le pregunté:

—¿Comprendió usted lo que aquel mensaje significaba en su caso particular?

—Pues sí, lo pensé. Pero enseguida me sentí confundida, sin saber ya no si tenía que conducir nunca más o bien, en caso contrario, seguir ciegamente el mensaje y abstenerme durante tres días. Así que decidí que lo mejor sería no volver a manejar nunca un automóvil.

Factor de discernimiento 2: Los ángeles no nos dejan confundidos

Al igual que muchos filósofos tanto orientales

como occidentales, San Pablo hizo notar que "Dios es un Dios de orden, no de confusión". Los ángeles llegan a nosotros provenientes de Dios; y en todas las literaturas de la antigüedad, así como en observaciones propias de los seres humanos registradas en los últimos siglos, los ángeles también viven en una sociedad muy bien ordenada. ¿Sería entonces posible que Dios se tomara el "trabajo de enviar a un mensajero celestial con capacidad para revestir la forma que se considerase necesaria para comunicarse... y luego se limitara a dejarnos un mensaje confuso?

No. Por supuesto, eso no quiere decir que Dios pase por alto nuestra mente humana. Lo que hemos de hacer es pensar en un mensaje angélico, actuar en consecuencia, y hacer que forme parte de nosotros antes de que podamos aprovecharlo. Sin embargo, según podemos ver la confusión existente en nuestra sociedad y en nuestras propias vidas, no estamos viviendo del todo y a la perfección en la luz, puesto que en tal caso ya no existiría el desorden y mucho menos el caos. Cuando uno de esos mensajes está lleno de incoherencias, elaborado con señales confusas, es muy posible que haya surgido de nuestra propia mente.

Órdenes o invitaciones

Después pregunté a aquella mujer que me consultaba qué otra cosa la había preocupado en lo referente a ese ángel, y me contestó: "Pues bien, me sentí preocupada porque me había ordenado pura y simplemente que no condujera el coche durante tres días".

Factor de discernimiento 3: Los ángeles no intentan obligarnos a nada

Cuando los ángeles llegan a nosotros trayendo un mensaje, ese mensaje es de Dios; no se trata de mensajes de los propios ángeles. Si recibimos un mensaje que, a nuestro entender, puede ser angélico en su origen, y tan perentorio que nos sentimos impulsados a cumplirlo sobre la marcha, o cuando consideramos que no nos queda otra elección o incluso que, en caso de no cumplir el mandato, sobrevendrá un castigo, entonces me permito dudar de que se trate de un mensaje proveniente del cielo. Uno de los aspectos más preciados de la naturaleza humana es el libre albedrío, la capacidad de que estamos dotados para elegir según sea nuestra voluntad entre lo malo y lo bueno, o sencillamente escoger lo que consideremos que sea más conveniente para nosotros. Los impulsos que provienen de Dios, ya sea en forma directa o durante el transcurso de nuestra vida, están destinados a ayudarnos para que podamos hacer lo bueno, lo inteligente y lo que contenga amor. Dios nos ha creado como seres que pueden elegir, y que se sienten satisfechos por el hecho de poder hacerlo; por lo tanto, Dios no ha de forzarnos en modo alguno, y mucho menos a través de mensajes llevados por los ángeles. Cuando los ángeles llegan a nosotros con un mensaje que compromete nuestra mente o nuestra voluntad, siempre está destinado a dejarnos con la necesaria libertad para elegir. Ni siquiera Gabriel, en su mensaje a María, le dijo: "María, estás embarazada del Hijo de Dios; es cosa resuelta". Aquel mensaje, en cambio, se expresaba en futuro, y el mensajero explicó a María que se beneficiaría a toda la humanidad si ella decidía acceder. Y al recibir un amantísimo mensaje expuesto con absoluta claridad, María eligió aceptar las palabras del ángel: "Hágase tal como lo has dicho".

Mensaje, mensajero o remitente

Cuando le pregunté a mi consultante qué recordaba de lo que había visto en sueños, me contestó: "Bueno, recuerdo lo hermoso que parecía aquel ángel y cuál era su mensaje. No podía apartar mi vista de él. Durante días estuve pensando en esa aparición".

Factor de discernimiento 4: Los mensajes angelicales llaman la atención hacia el que los envía y no hacia el mensajero

¿Se le ha ocurrido pensar por qué razón los ángeles se presentan con más frecuencia bajo la apariencia de seres humanos comunes para nada celestiales, criaturas apenas metidas en un cuerpo que algunas veces tenemos el privilegio de ver? Creo que es así porque no quieren que nos fijemos en ellos más de lo indispensable, sino en el mensaje que nos traen y en Aquel que lo envía. Siempre que recibamos un mensaje que de alguna manera no nos incite a aproximarnos más a Dios —es decir, a rezarle o agradecerle, ya sea en voz alta como estableciendo una comunicación sin palabras—, será conveniente que echemos un vistazo a nuestro interior y nuestra capacidad creativa como posible fuente del mensaje.

Si la figura del mensajero aparece tan opaca entre nosotros y el mensaje (o quien nos lo envía) como para que sólo podamos verlo en él, entonces ese mensajero no es un ángel. Esto es algo que no me cansaré de subrayar. Los ángeles nunca se interponen en el camino. Se los podría comparar con prismas que dejan pasar la luz, o sea el mensaje, a través de ellos. Son de un cristal clarísimo que podemos advertir sólo cuando aparece el sol brillando en la ventana. No quieren convertirse en el centro de nuestra atención durante más tiempo del indispensable para entregar su mensaje o hacer aquello para lo cual han sido enviados.

Hechos, no palabras

Seguí preguntando: "Así que decidió usted seguir la advertencia al pie de la letra y no conducir durante tres días. ¿Qué pasó luego?".

Mi interlocutora me hizo conocer toda una serie de acontecimientos; los coches de alquiler que tomó, los viajes que debió abstenerse de hacer para ella o para acompañar a sus hijos, sus prolongadas conversaciones telefónicas para enterarse del estado de salud de su anciana madre, la modificación de sus horas con el dentista. Fueron tres días muy ajetreados.

Cuando terminó, traté de resumir: "Quiere decir que debió gastar más dinero de lo previsto para viajar en taxi, se vio obligada a reducir el presupuesto familiar respecto de otras cuestiones, como la alimentación. Provocó serios inconvenientes a una vecina, que debió modificar sus planes para llevarle sus chicos a la escuela o para llevarla a usted de compras. No pudo asistir a un encuentro de softball en el que participaba su hija porque olvidó pedir de antemano que alguien la llevara, y otro día en que un hijo suyo debió quedarse después de clase y perdió el transporte escolar, tuvo que esperar más de una hora para que el hermano mayor terminara su trabajo y pudiera pasar a recogerlo con su automóvil. No pudo hacer las visitas de práctica a su madre, que ella siempre espera con mucha expectativa, porque tampoco encontró quien la llevara. Hizo perder dinero al dentista, el cual, a causa de su cancelación del turno, no pudo llenarlo con algún otro paciente. Y su cosmetóloga se quedó sin la propina de esa semana porque usted no encontró quien la dejara cerca del banco para sacar efectivo. ¿Es correcto todo esto?

Pues bien, en mi opinión, para tratarse de un mensaje de Dios traído a usted por un ángel, los resultados han sido más bien negativos. ¿Qué cree usted?".

Factor de discernimiento 5: **Examinar siempre los frutos de cualquier encuentro angélico o de todo mensaje que se le presente, tanto en su vida como en la vida de los suyos**

Creo que Jesús lo expuso con toda claridad cuando recordó que "por el fruto se conocerán los árboles, pues un buen árbol siempre tendrá que dar buenos frutos... Ese árbol no puede dar un mal fruto y los malos árboles siempre darán malos frutos y jamás podrán dar buenos frutos". En el caso que he relatado, el sueño de aquella mujer la condujo a una larga serie de desengaños, confusiones y dificultades. Los frutos que recogió fueron casi siempre de los que causan dificultades a cualquiera. Fueron frutos negativos, si se los examina de manera objetiva. Y además no aparece el menor detalle que indique que haya evitado alguna desgracia por haberse abstenido de conducir su coche.

Un encuentro angelical proveniente de Dios y no de la propia imaginación siempre tiene que producir buenos frutos, resultados tangibles. Desde luego, cuando nuestro propio anhelo de encontrar a Dios nos lleva a imaginar más de una cosa, más de lo que ofrece la realidad, también encontraremos buenos frutos. No somos troncos muertos, ni mucho menos;

somos criaturas extraordinarias, hermosos seres, y
tengo la certeza de que cualquiera de nosotros tiene
que haber producido alguna vez un buen puñado de
dátiles o de jugosas aceitunas. Pero si tropieza usted
con alguna negatividad dañina —es decir, malos
frutos— como resultado de un encuentro con un
ángel, con toda sinceridad tengo mis dudas de que
se trate de uno de esos encuentros. (No me refiero a
cómo reaccionan otros frente a nuestras propias experiencias. En esos casos he hallado negatividad, y
hasta una abierta hostilidad, en auditorios de TV
y hasta en amigos. De lo que hablo es de mi propia
vida, donde encuentro tanto en mí como en otros
frutos que resultaron ser positivos.)

El mensaje es un medio

Pregunté después a la mujer qué pensaba respecto
del mensaje en sí, y me dio esta respuesta: "Bueno,
me pareció que era muy curioso eso de indicar a
otro qué tenía que hacer, pero en ningún momento
me pareció que había algo equivocado en ello".

Factor de discernimiento 6: Ponga a prueba todo
aquello que parezca ser un mensaje angélico pero
esté en contradicción con lo que usted tiene por
cierto, sabio y pleno de luz y amor

Otra forma de poner a prueba la realidad de un

encuentro angélico consiste en examinar muy a fondo el contenido del mensaje, y también lo que el portador dice y hace. Los ángeles son enviados de Dios, cuyas palabras dirigidas a nosotros siempre han de estar colmadas de luz, gozo, paz, sabiduría, amor, coraje y confianza. Por lo tanto, las palabras que nos digan los ángeles deberán estar siempre en condiciones de conducirnos hacia un amor más grande, hacia la alegría y la confianza. Lo mismo pasa con los hechos de los ángeles, que nos conducen hacia la luz, la paz y todas las cosas buenas que provienen de Dios. Si el "ángel" de mi amiga la hubiera instado durante el sueño a llamar a alguna conocida a fin de reprenderla por no haberle devuelto la cortadora de césped, desde el primer momento yo tendría que haber llegado a la conclusión de que se trataba sólo de un producto de su psiquis y no de un mensaje celestial.

Uno de los puntos más interesantes sobre discernimientos espirituales de esta clase proviene de un antiguo documento del Cristianismo, *La enseñanza de los doce apóstoles*. Se trata, en realidad, de una obra destinada a que las pequeñas iglesias locales puedan conducir sus servicios y mantener organizadas sus comunidades. En el siglo II casi se daba por descontado que el Espíritu tenía que hablar en voz alta por medio de los distintos miembros de la comunidad que poseyeran el don; se los llamaba profetas. En uno de esos textos, el autor suministra una prueba que sirve para distinguir si un mensaje (ahora los seguidores de la New Age lo llamarían un canalizador) era o no auténtico. Si el profeta dijera "tráeme de comer" o "dame dinero", entonces el espíritu que se servía de ese profeta para comunicarse era falso; pero si decía que necesitaba el alimento o el dinero para ayudar a los más necesitados, entonces se trataba de un espíritu genuino.

El principio es el mismo cuando se piensa en los encuentros angélicos. Si un ser que se aparece en una visión ordena que alguien le encienda velas todos los días, o de algún otro modo trata de dirigir la atención del que recibe el mensaje hacia los mismos que lo traen, entonces tendremos la obligación de examinar mucho más de cerca todo lo que se relacione con la autenticidad o no del mensaje. Hemos de tener siempre en cuenta que los ángeles no atraen hacia ellos más atención de la que consideran necesaria.

"Sentimientos... nada más que sentimientos"

Quise saber a continuación cómo se había sentido aquella mujer una vez pasados los tres días sin conducir, y me contestó: "Pues bien, volví a sentarme tras el volante. No pasó nada especial. A decir verdad, durante una semana ni siquiera volví a pensar en el asunto".

Factor de discernimiento 7: **Todo encuentro angélico nos cambia mucho o poco, pero siempre para mejor**

No quiero significar que nuestra vida siempre pueda transformarse tan radicalmente como ocurrió en mi caso o en el de Andy. Pero siempre que Dios llega a nosotros a través de sus ángeles nos resulta imposible cambiar de alguna manera muy sutil. Es posible que el encuentro nos sirva para despertar un interés acerca del reino espiritual que jamás habíamos tenido, o por lo menos alguna curiosidad en ese sentido. Quizás el encuentro nos haga pensar en lo afortunados que hemos sido y nos impulse a sentir más piedad y más sentido de solidaridad con los más necesitados y menos venturosos. Es posible que nos haga comprender lo valiosos que somos a los ojos del cielo, cuán maravillosos somos, qué gloriosas son todas las creaciones de Dios. Tal vez alcancemos a oír una vocecita que nos trae la certeza de que Dios nos ama, tal como tantas veces ocurre cuando un ángel acude a rescatarnos de una situación difícil o peligrosa. Del modo que sea, siempre hay allí un resto de gracia, como un fertilizante programado para actuar en el momento debido, destinado a permitirnos crecer. No hay encuentro con los ángeles pensado para dejarnos tal como estábamos, sea donde fuere que hayamos estado. Si no podemos crecer un poco, o por lo menos experimentar la necesidad de crecer (lo hacemos, ya que, después de todo, siempre tendremos el libre albedrío para crecer o no), ¿cómo podremos decir que nos hemos encontrado con un ángel?

Posibilidad de observar

—¿Y qué pensaba su familia acerca de su sueño? —fue mi siguiente pregunta.

—Me parece que al llegar al final del tercer día ya estaban todos bastante desconcertados, por no decir molestos, de tener que alterar todos sus compromisos. Mi marido hasta se puso a buscar los pasajes correspondientes en la Biblia...

Factor de discernimiento 8: **Los encuentros con ángeles no pueden tener consecuencias perjudiciales para quienes nos rodean**

Esto no quiere decir que todos deban creernos cuando les hablamos de nuestros encuentros con los ángeles. Pero sí podemos confiar en que la misión angélica significa para nosotros —y para quienes nos rodean y a quienes amamos— nada más que amor y paz. En ocasiones las reacciones de los que están junto a nosotros, en cuya buena voluntad creemos, pueden servir de mucho para ayudarnos a determinar si en realidad hemos sido tocados por un ángel. En el transcurso de nuestra conversación, mi interlocutora mencionó que el mayor de sus hijos le había reprochado el hecho de que toda aquella experiencia parecía haberla puesto de mal humor. Le recordé entonces que, si el sueño había logrado apartarla de sus hábitos, entonces quería decir que tal vez no la hubiera visitado ningún ángel. Cuando los demás le digan que está procediendo usted de manera ajena a su carácter habitual, y no precisamente para mejor sino más bien todo lo contrario, entonces convendría ponerse a pensar seriamente en cómo seguir la pista a sus actos hasta llegar a la experiencia. Si lo consigue, cuídese antes de atribuirlo todo a un mensajero celestial.

Libertad o control

En determinado momento, la mujer me preguntó: "Eileen, ¿crees que alguna vez podré conocer en persona a mi ángel? Es algo que deseo como no te imaginas. Tal vez si concurriera a uno de esos grupos que garantizan un futuro encuentro con el ángel de cada cual...".

Factor de discernimiento 9: **Todo ser al que podamos convocar, ya sea por medio de ritos o sin ellos, probablemente no sea un ángel.**

Conviene no olvidar que los ángeles son seres soberanos, dentro de los límites marcados por su servicio hacia nosotros y para con la divinidad. No se trata de seres a los que podamos dominar a voluntad.

Jamás podríamos convocar a un ángel para que apareciera ante nosotros y ni siquiera para que nos hablara, ya sea merced a nuestra propia energía o reuniendo a un grupo dispuesto a aunar voluntades, como tampoco utilizando artefactos tales como la tabla Ouija o las cartas de tarot. De acuerdo con la experiencia que tengo, todo ser al que podamos obligar a que aparezca ante nosotros o, como tantas veces sucede, a que nos dirija la palabra hablando a través de alguno de los presentes o escribiendo con su mano las respuestas pedidas durante un estado de trance no puede ser un ángel: por lo menos no de los que deseo ver a mi alrededor. Esto no quiere decir que un grupo de personas no pueda experimentar una presencia angélica: suele suceder con relativa frecuencia cuando varios se reúnen para elevar sus humildes preces al Señor y para buscar a la divinidad. Pero lo que jamás se podrá hacer es forzar a uno de esos seres. Los propios ángeles se encargarán de hacer saber cuándo consideran que corresponde presentarse. Y ellos entienden que deben hacerlo sólo cuando Dios les comunica que el momento es el adecuado.

Y cuando lo hacen, aun si sus primeras palabras son el consabido "¡No temas!", el resultado final, para nosotros, ha de estar integrado por amor, luz, paz, seguridad, plenitud, seguridad, esperanza, gozo, deleite, sabiduría y comprensión. Probablemente no nos digan que eso será de inmediato, pero siempre será una promesa de lo que podremos llegar a ser.

Extrayendo conclusiones

Pregunté luego a mi interlocutora cuáles eran sus conclusiones respecto del sueño aquél... aunque de antemano sabía cuál sería la respuesta.

—Supongo que no pasó de ser un sueño —me contestó con cierto dejo de desilusión.

—Yo creo que viste a tu ángel porque lo deseabas muchísimo —le dije—. Pero aprovecha todo lo bueno que puedes extraer de este episodio. Tiene que servirte para medir la profundidad de tu anhelo por conocer a Dios, puesto que los ángeles no son otra cosa que mensajeros y servidores del Señor. Y has aprendido valiosas lecciones acerca de cómo distinguir entre el espíritu humano y el divino.

Estuvo de acuerdo con mis palabras y allí terminó la conversación.

Dicho sea de paso, aquellas palabras de las Escrituras que le mencionó su marido pertenecen al Predicador:

Vacías y falsas son las esperanzas del insensato,
y los sueños dejan al tonto en el aire.
Igual que un hombre que atrapa las sombras o persigue
a los vientos, es aquel que cree en los sueños.
Lo que se puede ver en sueños es a la realidad como el
reflejo de una cara es a la misma cara.
¿Puede acaso lo sucio producir lo limpio? ¿Y decir
el mentiroso alguna vez la verdad?
Adivinaciones, presagios y sueños, todos son irreales;

la mente te traza lo que ya esperabas.
A menos que se trate de una visión enviada directamente
por el Altísimo, no la reconozcas de corazón.
Porque los sueños han hecho que muchos se desviaran, y que
quienes han creído en ellos perecieran.

Nos resulta muy útil aquí lo que razona al Predicador en el Eclesiástico. Nos recuerda que los sueños están destinados en general a hablarnos de nosotros mismos y de nuestro interior; como regla, no son un vehículo para las visitas que puedan hacernos los ángeles celestiales. Pero sabemos que suceden, de modo que, cuando se sueñe con un ángel, lo mejor será tomarse todo el tiempo necesario para pensar al respecto con todo cuidado. Siempre queda la posibilidad de que el sueño haya sido "enviado por el Altísimo".

"Lo más grande de esto es el amor"

No siempre los ángeles llegan hasta nosotros portadores de algún mensaje; suelen presentarse sin más ni más y todos advertimos su presencia, pero en tales casos no han venido para comunicarnos nada obvio, o bien nos transmiten un mensaje cuyo contenido sólo comprendemos tiempo después. En esta clase de encuentros, al igual que en los considerados como más tradicionales, he llegado a descubrir que el criterio más seguro a seguir para lograr la exacta distinción entre los diversos espíritus es el Amor, y en especial un amor que se expande. Cualquier otro criterio que de algún modo se pueda establecer, en última instancia depende de aquél. Si el ángel que se ha presentado ante nosotros no es un ser amantísimo o, peor aún, si sugiere cosas carentes de amor, es seguro que no se trata de un mensajero de Dios.

El amor es la ley básica del universo, la sumatoria de todas las leyes morales, y hasta creo que es la base de la ley natural en sí misma. Dios es Amor, y todo encuentro con un ángel tiene que estar pleno de amor. Cuando, siendo una niña, tuve oportunidad de ver a mi ángel de la guarda, pude percibir ese amor en la gran compasión que le llenaba los ojos. Cuando Robin Diettrick habló con aquel desconocido al que siempre consideró como su ángel, lo que más la conmovió fue el amor que le demostró al servir a ella y a sus hijos.

Cuando digo amor no me refiero a ningún sentimiento romántico ni emocional. Algunos definen el amor como un estado del ser en que la persona no sólo desea la felicidad más perfecta para otro, sino que también desea participar para que esa felicidad le llegue. Quien haya experimentado un encuentro con ángeles, si su vida se ha visto alcanzada por el amor angélico, lo primero que sentirá es más amor por sí mismo, como si fuera un ser único y maravilloso. Y además de ese amor ha de sentirse más libre para amar a los demás, a las otras criaturas, por lo hermosas que son (incluyendo a los ángeles). Y esa persona llegará a amar la luz, la persona que es Dios, porque Dios es el autor de todo amor, la fuente y el objetivo final de nuestro amor.

Claro que uno puede estar tan envuelto en uno mismo, tan dominado por un amor egoísta que cree que somos perfectos, que terminamos por confundirnos al punto de creer que nuestros sueños o percepciones son angelicales. Y si nos amamos de manera tan desordenada, hasta podemos llegar a imaginarnos que un ángel nos ha llenado de amor. Pero si así es como suceden las cosas, entonces advertiremos, observando con cuidado, que esa experiencia no hizo que aumentase nuestro amor por Dios o por nuestros semejantes. Por el contrario, encontraremos que todo nuestro pensamiento se ha centralizado en mí, en el yo, no en los otros. Cuando el encuentro angélico es auténtico, lo primero que hará será llevarnos a la más profunda meditación y la contemplación de los grandes misterios del universo, pero al final conseguirá que nos volvamos hacia todo lo exterior para amar al mundo con mayor seguridad.

Maravilla de maravillas, milagro de milagros...

Los milagros se producen con mayor frecuencia de lo que suponemos. No me estoy refiriendo a curas milagrosas de enfermedades mortales, sino a esos pequeños milagros personales de cada uno de nosotros, que sirven de algo así como indicadores que apuntan al hecho de que *Alguien nos ama*. Por mi parte, he considerado siempre que los milagros son recordatorios de que el universo dista de ser un caos imposible de ordenar o reconocer, que hay en él un orden establecido para todo cuanto existe, y que las distintas dimensiones a las que denominamos cielo y tierra no se hallan totalmente separadas.

Cuando yo era niña y recibía la visita de Enniss, mi ángel de la guarda realizó el milagro al hacer trizas mis temores paranoicos, tan serios que me habían paralizado durante mis primeros años de vida. Cuando Chantal Lake se encontró sana y salva al pie de aquel acantilado imposible de superar, de seguro que todo fue debido a un milagro. ¿Fueron milagros científicamente verificables? Desde luego que no. Pero, al igual que todos los milagros realizados por los ángeles, no son sino otros tantos signos indicadores del amor de Dios, ya sea que se trate de hechos dramáticos o de fenómenos muy sutiles.

Los engaños del oscuro

Nunca me gusta hablar de la oscuridad. Creo que cuanto más aludamos a ella, mayor será el poder que le demos, y perder nuestro tiempo en eso no puede ser sino algo tonto, porque si miramos siempre hacia la verdadera Luz, nos veremos colmados de esa Luz y la oscuridad perderá toda su fuerza sobre nosotros. Pero también es verdad que ninguno de nosotros es tan perfecto como para contemplar siempre la luz sin trepidar, y no hay persona tan sabia como para que pueda distinguir siempre entre la verdadera Luz y la oscuridad. De modo que se torna necesario establecer algún discernimiento respecto de los espíritus oscuros para que podamos redondear esta presentación.

Los ángeles caídos existen, son ángeles que por diversas razones han perdido el interés genuino que deben tener los ángeles por la raza humana, por decirlo de alguna manera. La existencia de tales criaturas se ha reconocido desde los tiempos en que el hombre comenzó a escribir en tabletas de arcilla o en láminas de pergamino. Son seres personales, al igual que los ángeles de la Luz. Y si bien las filosofías y teologías que a ellos se refieren discrepan de manera radical tanto en el tiempo como en el espacio, resulta importante comprender que, por razones sólo por ellos sabidas, algunas veces deciden hacer notar su presencia (con disfraces que pueden resultar muy auténticos) a fin de llevarnos por mal camino e impedir que sigamos buscando la Luz que es Dios. Tal vez sean exactos ciertos relatos antiguos en el sentido de que tienen celos de los humanos porque Dios nos favoreció incluso por encima de los seres angélicos... pero eso es algo que no puedo afirmar. Con todo, si bien no es lo común, se sabe que los ángeles de la oscuridad se disfrazan para hacerse pasar por ángeles del cielo. Es por tal razón que muchos místicos que han tenido frecuentes encuentros con los ángeles —como por ejemplo San Juan de la Cruz y más recientemente el Padre Pío, un sacerdote italiano que muestra los estigmas—, siempre han desconfiado de sus encuentros, tanto si se trató de un ángel o de otro ser humano (como por ejemplo la Virgen María) o incluso del propio Dios.

El temor ante la posibilidad de no estar en condiciones de distinguir la Luz de la oscuridad ha impulsado a más de uno a evitar por completo los encuentros con ángeles. A decir verdad, el primer libro que se escribió en los Estados Unidos con respecto a los ángeles advertía con toda energía a sus lectores de que se abstuvieran de abrigar fervientes deseos de tropezar con algún ángel, no obstante reconocer que aún existen enviados del Señor que vienen a nosotros. El libro en cuestión se titulaba *Angelographia* y lo escribió en 1696 Increase Mather, quien fue uno de los más grandes eruditos puritanos y presidente de Harvard. Sin embargo, en aquellos años, la ciudad de Boston, Massachusetts, se veía inundada de personas que aseguraban haber tenido encuentros con sus ángeles guardianes, personas entre las cuales figuraba el propio hijo de Mather, Cotton, gran estudioso también él, autor de gran número de trabajos, que con toda regularidad se entregaba a largos períodos de ayunos y plegarias a fin de estar preparado si su ángel de la guarda decidía presentarse ante él.

Todavía hoy, son muchos los que aconsejan tener muchas precauciones con el tema de los encuentros angélicos, en razón de que los poderes de engaño del oscuro son muy grandes. He sido testigo de grupos de personas que dirigen su atención hacia los encuentros con ángeles, cuyos líderes empiezan por advertir a los presentes que serán bienvenidos sólo aquellos ángeles que procedan de la Luz; tras esas palabras, ninguno de los asistentes se preocupa por comprobar que los mensajes recibidos no hayan sido un engaño. Porque el mero hecho de querer que sólo se presenten ángeles del cielo no puede ser suficiente garantía. Y en cuanto a aquellos que están convencidos de que la presentación de ángeles del cielo y no de ángeles oscuros estará garantizada con sólo invocar el nombre de Jesús, categóricamente puedo asegurar que se equivocan. Muchos cristianos creen que si rezan en el nombre de Jesús podrán alejar a cualquier ángel que no sea el deseado. A ellos puedo hacerles notar que, según las palabras del propio Jesús, esos seres han de ser muy cuidadosamente discernidos antes de poder rechazarlos.

Creo que el mejor libro sobre el tema de cómo proceder para la distinción de los espíritus oscuros se ha escrito ya, de modo que no me prepongo duplicarlo. El libro en cuestión es una obrita de C. S. Lewis, *The Screwtape Letters,* cartas figuradamente escritas a modo de "consejos" de un demonio veterano a otro que hace sus primeras armas en la tierra. Cuando comencé mi aprendizaje para distinguir entre los distintos espíritus, ese librito se convirtió en mi biblia, por así llamarlo, y por cierto que desde entonces no he podido encontrar nada mejor sobre el tema.

A fin de redondear este capítulo relativo al discernimiento, sólo quiero agregar una cosa. Los ángeles de la oscuridad sólo hasta cierto punto están en condiciones de falsificar a los verdaderos ángeles de la Luz. Es que directamente no tienen en su interior capacidad para que una persona pueda desarrollarse en dirección a la Luz, como tampoco para sentir amor y gozo verdaderos, por la sencilla razón de que ya han dejado de saber qué son esas cosas. Son incapaces de producir nada que no sean frutos falsificados, que pronto se destruyen, se pudren y se vuelven amargos. Por lo general ni siquiera intentan conquistar nuestra mente por medio del mal en sí mismo. Nos seducen para llevarnos a la adoración de nosotros mismos y de los dones de que disponemos, tal como si nos hubiésemos creado solos y nos hubiéramos dado todas esas capacidades de que disponemos. En lugar de volvernos hacia la Llama que es Dios, nos engañan induciéndonos a pensar que esas pequeñas lenguas de la Llama que ilumina y da calor a nuestro espíritu son ellas mismas la verdadera Luz, la auténtica llama.

En todos los casos, cuando nos volvemos hacia la Luz, la oscuridad pone pies en polvorosa, y creo que es todo cuanto debemos saber sobre la cuestión, a menos que tengamos que tratar con ellos o seamos sencillamente unos tontos.

La parte y el trozo

La puesta a prueba o el discernimiento de los espíritus debería ser parte esencial de toda vida humana, en especial cuando se está habituado a buscar el contacto con lo divino. En determinado punto se puede llegar a disfrazar, inocentemente o no, la verdadera Luz. Si confundimos nuestro propio espíritu con el Espíritu verdadero, entonces hemos llegado en efecto a un callejón sin salida, estamos adorando nuestra llamita personal y no acertamos a elevarnos para alcanzar a ver la Luz más grande. Si confundimos la oscuridad con la Luz (y por cierto que la oscuridad puede disfrazarse notablemente bien para hacerse pasar por la Luz, a menos que hagamos la distinción), con mucha facilidad podemos llegar a perdernos; pensamos que estamos encaminándonos hacia la Luz, cuando lo que hacemos es desplazarnos hacia una ciénaga espiritual de la que nos resultará muy difícil salir.

Lo que ha de hacerse cuando se supone haber tenido un encuentro con un ángel o se atribuye algo a una intervención angélica, lo aconsejable es poner a prueba muy cuidadosamente sus frutos. ¿Nos impulsó el encuentro a sentir más amor, a ser más sabios o a curar algo? ¿Quedó en nosotros un sentimiento de gozo y gratitud? ¿O lo que luego se sintió fue algo así como ansiedad o temor? Como resultado del encuentro, ¿se hizo algo desusado o algo que siempre se hace? Si lo que se ha sentido es amor y gozo, entonces por cierto se trató de un encuentro con un ángel, puesto que ellos siempre nos dejan gratitud, gozo y una mayor conciencia del amor que Dios siente por nosotros. Si lo que sentimos es ansiedad o cualquier otro aspecto negativo de nuestra conciencia, lo más probables es que el presunto visitante haya sido sólo el producto de nuestra propia mente y de nuestro espíritu, antes que un verdadero ángel.

Esto es algo en lo que nunca se pondrá bastante énfasis. Siempre, absolutamente siempre, tenemos que poner a prueba todo tipo de encuentro espiritual. Aceptar sin la correspondiente crítica cualquier cosa que nos parezca ver o creamos haber oído no es digno de las criaturas de Dios. Se espera de nosotros que utilicemos nuestra inteligencia. Está muy bien y es bueno hablar de las experiencias angélicas de nuestro cerebro derecho, pero también hemos de cargar nuestro hemisferio izquierdo, a fin de poder llegar al juicio correcto.

Tenemos que examinar los frutos de todo encuentro. Recordar que un pozo sólo puede darnos la clase de agua que tenga en su interior. Si una visión nos llega desde nuestra propia mente o de nuestros deseos, ¿cómo podremos crecer? Sólo podemos brindarnos el saber y el esclarecimiento de que ya dispongamos. Los ángeles están en condiciones de ayudarnos en la tarea. Con ellos podremos cambiar.

No debe rehuirse el poner a prueba la validez de cualquier experiencia angélica por temor a que la duda nos invada. Si el ángel ha hecho la visita enviado por Dios, se habrá recibido un mensaje o alguna otra señal que nos ayudará por el resto de nuestra vida. Y si se llega a la conclusión de que el encuentro, por muy vívido que haya sido, sólo nos ha venido de lo hondo de nuestras ansias de Luz, entonces habrá que alegrarse por el hecho de que la experiencia nos acercará más a Dios a pesar de haberse originado sólo en nosotros.

¿Qué quieren los ángeles de nosotros?

Nada en absoluto... Bueno, no mucho en realidad.

¿Lo sorprende una respuesta así? Yo también me sorprendí grandemente cuando mi ángel me la sugirió hace un tiempo. Siempre había supuesto que mi ángel quería que le demostrara un amor especial, respeto, admiración, deferencia, a fin de hacerle ver cuán agradecida le estaba por haberme ayudado a crecer en dirección a la Luz, para comunicar a los demás todas las cosas maravillosas que él había hecho por mí. Después de todo, creo que los ángeles en verdad intervienen algunas veces en nuestra vida, y que están siempre trabajando entre bambalinas para ayudarnos a ser amantísimas criaturas.

Pero no creo que los ángeles quieran ninguna de esas cosas que acabo de mencionar, por lo menos no de una manera especial. No quieren que les encendamos velas ni que pasemos mucho tiempo rezándoles. Por cierto, menos aún que les hagamos ofrendas de flores, frutas y otras cosas por el estilo, como me enteré que hacen algunos grupos que se ocupan de ellos. No quieren que la gente se reúna en círculo horas enteras intentando exclusivamente establecer una comunicación con ellos, hacer que se les dirija la atención sólo a ellos, como si fueran un fin en sí mismos.

Se niegan en forma terminante a convertirse en centro de atención. ¿Por qué? Por la sencilla razón de que, para un ángel, sólo Dios puede ser el centro de atracción, puesto que en el Centro está el Señor, sólo Dios es el Centro. Lo único que ellos quieren es lo que quiere Dios. Tal vez sea por eso que algunos equivocados les rezan a los ángeles; no alcanzan a ver que ellos son los mensajeros, no los mensajes, y por cierto no son el Remitente. Los ángeles nos dicen:

No somos el comienzo y el fin de todas las cosas. Somos criaturas como tú y yo. Que no te atrape la idea de que hacemos planes para ti, que discutimos el futuro de los hombres, que estamos en condiciones de aportar la salud perfecta y una larga vida al que sepa apretar los botones adecuados.

No hacemos ninguna de esas cosas y no queremos que se nos pida hacerlas. Son cosas que pertenecen a las posibilidades de Dios y no de nosotros. Cuando trabajamos en tu beneficio desde nuestra dimensión es porque Dios nos creó para hacerlo en esa forma. Cuando nos oigas, nos veas o nos sientas dentro de ti, es porque nos ha enviado Aquel que nos creó para que lo hagamos. Carecemos de un mensaje propio; hasta la última letra de todos ellos pertenece a Dios y viene de Dios. No tenemos ninguna gracia personal para concederte, ningún mensaje privado que ayude al esclarecimiento. Todo eso proviene de Dios.

Te ruego que nuestra luz no te enceguezca. Es verdad, se trata de una luz gloriosa que maravilla, pero es sólo nuestra naturaleza la que nos hace así. Consideramos que la combinación de materia, mente y espíritu del hombre es una manifestación tan gloriosa de Dios en su diversidad infinita como es de maravillosa en nosotros. Nuestra luz y la vuestra proceden de la misma Fuente. Somos seres que hemos sido creados. No nos hicimos a nosotros mismos. Somos servidores, tutores, guías. Es así como somos; y nos agrada ser así.

En verdad, existen muchas diferencias

entre tu raza y la nuestra. Hemos podido ver cómo vuestro mundo surgía del polvo del sistema solar. A las órdenes de Dios, hemos ayudado a ponerlo en movimiento. Os hemos visto crecer en vuestro planeta. No hemos muerto jamás, ni lo haremos. No nos hemos rebelado contra nuestra naturaleza como vosotros lo hicisteis contra la vuestra, al menos no volveremos a hacerlo. No envejecemos ni sabemos de enfermedades. ¿Pero acaso vas a agradecernos por eso? ¿Tendrías que hacernos ofrendas? No, no. Simplemente somos fieles a nuestra naturaleza. Sed vosotros fieles a la vuestra: creced, amad, aprended lo que es juicioso, unid cuerpo, alma y espíritu. Es todo cuanto pedimos y, por otra parte, ni siquiera lo pedimos nosotros; es Dios quien lo hace.

¿Habéis notado alguna vez que los ángeles jamás titubean cuando están en cumplimiento de una misión? No se detienen ni dejan que pase un solo día. Hacen aquello para lo cual han sido asignados; y lo hacen con amor, puesto que se hallan colmados de Amor. Luego se van. Me parece que les preocupa mucho que pongamos demasiada atención en ellos y podamos confundir al mensajero con Aquel que los envía. No fue sólo San Juan el Evangelista el que por error ofreció su adoración a un ángel y recibió como respuesta: "¡Adorarás solamente a Dios!". En los primeros tiempos del Cristianismo fueron muchos los que cometieron el mismo error. Pablo, en su carta a los cristianos de Colosas (2:18), les advirtió que no debían extraviarse ofreciendo a los ángeles más de lo debido. Y eso es algo que todavía hoy tiene valor.

Esto no quiere decir que ignoremos cuánto vale en nuestra vida la tarea de los ángeles. Lejos de tal cosa. Hablo todos los días con mi ángel de la guarda, y con los otros que lo asisten, y cada día trato de ver cuánto me ayuda tomar conciencia de la Luz de Dios. Le agradezco todos esos cuidados, todos sus servicios. Después de todo, no es sino cortesía brindar un cumplido sincero, tanto a un ángel como a un ser humano cualquiera. Le pido que se convierta en ministro de la gracia para el día que se vive, y siempre trato de volver a darle las gracias cuando me voy a dormir. Pero todo lo hago dentro del contexto de agradecer a Dios por haberme enviado a Su ángel por sobre todo lo demás. Así he llegado a la conclusión de que cuando fijo mi atención en el que envía, me vuelvo más sensitiva con respecto al mensaje, cualquiera sea éste, y me hallo en mejores condiciones de distinguir a través de qué medios me ha llegado, incluyendo a mi ángel guardián. Desde luego que no me jacto de poder entender más que una fracción de todo lo que Dios me dice. Soy apenas un aprendiz en este baile, y conozco apenas un par de pasos. Pero en eso estoy.

Capítulo Catorce

¿En qué consiste la Red de Observadores de Ángeles?

Se dice que los ángeles se comunican entre sí por medio del pensamiento y que pueden leer su mente al instante y en forma total. Eso es algo que resulta imposible probar, pero tanto los teólogos como los místicos y los filósofos así lo creen desde hace mucho tiempo.

Nosotros, los seres humanos, no tenemos siquiera una forma aproximada de hacer lo mismo. Contamos en la actualidad con nuestros sistemas de FAX y con las comunicaciones y la computación más moderna, pero nos hallamos aún a distancias siderales de los ángeles de Dios. Todavía hay muchos lugares del mundo cuyos habitantes ni siquiera se han enterado de que la tierra es redonda, muchos menos que el hombre ha estampado su pie en la luna, o que se puede andar por la calle comunicándose con un teléfono celular. Dentro de una casa, en plena sociedad moderna, los padres no siempre se enteran de lo que están pensando sus hijos y éstos casi siempre desconocen lo que pasa por la mente de sus padres. Basta echar a andar un día cualquiera a la hora del almuerzo por las calles de cualquier ciudad moderna para advertir al instante que lo único que queremos comunicarnos entre nosotros es precisamente nuestro deseo de no comunicarnos con nadie.

De ahí que nadie pueda sorprenderse al saber que, dentro y fuera de los Estados Unidos, por ejemplo, todos aquellos que estuvieron interesados en el tema de los ángeles vivieron aislados entre sí. La Red de Observadores de Ángeles se propone revertir esa situación.

Se trata de una centralizadora de informaciones donde se pueden recibir todas y cada una de las referencias de que se disponga al respecto, no sólo en lo relativo a la historia, el arte, la religión o la literatura, sino muy especialmente acerca de cuanto suponemos que los ángeles estan haciendo en nuestro tiempo, en el mundo actual. Desde muchos países, en especial desde los Estados Unidos y el Canadá, la gente se dirige a la Red para dar cuenta de artículos que acaban de leer en diarios o revistas, conferencias y talleres sobre ángeles, exhibiciones de arte, libros nuevos, o incluso sus propias experiencias con los mensajeros celestiales. Y yo me encargo de recibir toda esa información, agregarle entrevistas, declaraciones y fuentes para acudir en procura de más noticias, para luego devolverlo todo compendiado a los observadores de ángeles interesados en el tema.

Puse en funcionamiento la Red en 1991, cuando advertí que existían clubes distribuidos por todo el país para quienes se ocupaban del tema angélico, así como negocios que enviaban por correo material especializado en ángeles... y que eran muy pocos los que estaban enterados de esos esfuerzos. Comencé por llamar a todos los que tenían alguna relación con organizaciones y grupos de estudiosos de ángeles, y pronto llegué a la conclusión de que la gran mayoría ni siquiera estaba enterada de que existían entidades similares que se dedicaban más o menos a lo mismo. Por ejemplo, los que se ocupaban del tema en California no sabían que tenían un grupo gemelo casi idéntico trabajando en lo mismo en Colorado, y algunos que daban conferencias sobre el tema en Illinois no tenían ni la menor idea de que otros hacían otro tanto en Nueva York.

Sin embargo, al aparecer los primeros libros que pasaban revista a tantas de esas experiencias personales, de la noche a la mañana cientos, y luego miles de hombres y mujeres parecieron brotar de la nada para manifestar su interés en las suyas y en aquel tema virtualmente ignorado por todos los demás. A decir verdad, muchas de esas personas ni siquiera habían hablado alguna vez con nadie acerca de lo que les había ocurrido alguna vez con uno o más ángeles. Como resultado de todo aquello, muchísimas buenas, afectuosas y terapéuticas experiencias permanecieron durante décadas como embotelladas en la mente y el corazón de aquella gente, sin haber podido beneficiar a nadie más que a ellos.

Me pareció entonces que no sólo sería una buena idea, sino también algo muy necesario, constituir una especie de foro con todas las personas que desearan compartir sus experiencias angélicas, y en esa forma no sólo tener más información, sino contar con nuevos recursos y conocimientos respecto de los ángeles. De tal suerte, todos los que hubiesen tomado conciencia personal de la existencia de los ángeles no podrían sino crecer, desarrollarse. Decididamente, me pareció que la idea era buena. Después de todo, hay publicaciones de interés general para coleccionistas de cosas tales como sacacorchos, criadores de cabras y hasta entusiastas de las alambradas de púas. ¿Por qué no constituir entonces una organización internacional de informaciones para todos aquellos que se interesaran en los ángeles?

Puse manos a la obra y me dediqué a escribir artículos sobre el tema, lancé folletos sobre el mismo asunto, publiqué anuncios sobre conferencias y talleres de aquí y de allá, notas para diversas publicaciones y otras para enviar a gente interesada en los ángeles que me llamaba o escribía. Muchas veces me dediqué a entregar ese material en persona cuando daba una conferencia o formalizaba un taller, y también solía repartirlo en los servicios religiosos. Y mucha gente empezó a comunicarse conmigo para hacerme partícipe de lo que les había sucedido en algún encuentro.

Hacia comienzos de 1992 me resultaba ya bien

claro que lo que yo necesitaba era organizarme mejor en cuanto a la difusión, yo diría diseminación, de los conocimientos que estaba recopilando. Decidí que, para hacerlo, nada sería mejor que fundar una revista propia, y así nació *AngelWatch*. Me ayudó mucho la experiencia que ya tenía en materia de publicaciones y publicidad, así como mis antecedentes académicos. Decidí que en la revista aparecerían relatos de personas que recordasen haber tenido encuentros con los ángeles, artículos acerca de ellos a lo largo de la historia, la literatura, el arte y la religión, historias notables sobre los ángeles, extractos recogidos en los libros y los medios gráficos, y —desde luego— noticias. Un buen amigo contribuyó económicamente para que el primer número pudiera salir a la calle, pagando el costo de la impresión, y yo me dediqué a entregar en mano o distribuir por correo los folletos que hablaban del trabajo que habíamos emprendido, eligiendo a todos los que me demostraban algún interés en lo que hacíamos. El sueldo que ganaba por mi trabajo ordinario me sirvió para instalar y costear el mantenimiento de mi oficina. Y a medida que me ponía en contacto con más autores, locutores, artistas y otros que decidían ayudarme en la tarea de reunir a los que habían tenido contacto con ángeles, entraba en conocimiento de muchos más, casi hasta el infinito, y así se fue expandiendo la red.

Desde el primer día estuve segura de que esa tarea que estaba poniendo en marcha no tendría el menor fin de lucro, que no daría ganancia alguna. Me limitaba a rezar constantemente para que la idea no se fuera a pique sino que prosperase, para aprender más y mejor cómo organizarla, y mi ángel de la guarda todos los días se comunicaba conmigo para recalcarme que debía dar toda la comunicación que me fuera posible sin costos adicionales, y que el costo siempre se conseguiría, sin ganancias, para publicar, remitir y tener publicidad, más un pequeño incremento para eventuales aumentos en los gastos de papel, correo y esas cosas.

The AngelWatch Journal estaba todavía en pañales cuando me enteré de que Ángeles del Mundo, un grupo de coleccionistas o interesados en el tema de los ángeles, se proponía llevar a cabo su reunión semestral en Chicago en junio. Me pareció que era la oportunidad ideal para difundir más la idea de mi organización y establecer relación con otros dedicados más o menos a lo mismo. Pero el pasaje a Chicago costaba unos cuantos cientos de dólares, y debería asimismo tener en cuenta que iba a pasar tres noches en un hotel. Estuve dudando, aunque sin dejar por eso de rezar. Pero mi ángel me aconsejó con la sencillez de siempre: "Ten confianza y ve", de modo que en la semana previa a la convención pasé por la agencia de viajes con la cual habitualmente trabajaba mi empresa. Era de mañana, muy temprano, y pregunté a la persona que me atendió sobre el precio del viaje hasta el aeropuerto O'Hare, que sirve a Chicago, a la espera de la más desalentadora de las noticias.

La respuesta fue:

—Ciento diecisiete dólares.

—Supongo que será sólo de ida, ¿no? —fue mi segunda pregunta.

—Sí, creo que sí... A ver, mejor espere un momento. Ya me parecía, se trata de un viaje de ida y vuelta. Aunque no lo entiendo muy bien, será mejor que lo revise antes.

En aquel preciso instante una compañera de la chica que me atendía dejó una hoja de FAX sobre su escritorio, donde se anunciaba que estaban iniciando una "guerra" de tarifas para reclutar clientes.

—Sí, es así —corroboró la joven, que todavía no salía de su asombro—. Desde que trabajo en esto jamás había visto tarifas tan rebajadas.

—Pues entonces resérveme un pasaje antes de que cambien de opinión —solicité riendo, mientras daba sinceramente gracias a Dios por todo aquello que me estaba ocurriendo.

De modo que fui a la reunión, donde hice conocer todo el trabajo en que nos hallábamos empeñados, conseguí unas cuantas suscripciones, vendí botones y distintivos, así como citas de textos angélicos, con el propósito de pagar en parte los gastos extra que tuve. Y el éxito alcanzado no pudo ser más grande.

En el mes de julio anduve visitando ciudades y pueblos del interior del estado de Nueva York para hacer conocer mejor nuestro organismo, y aproveché para asistir a un taller que estaba desarrollando allí

Sophy Burnham, desde luego referido a los ángeles. Con toda gentileza se mostró dispuesta a conceder una entrevista para nuestra revista, y me autorizó muy amablemente a dejarle meterial sobre nuestra red para que lo conocieran los que participaban en su taller, alrededor de cien personas.

En los primeros días de septiembre de 1992 nuestra red ya estaba plenamente organizada y en condiciones de lanzarse a trabajar. ¿Pero cómo lo haría? El más pequeño de los avisos publicados en diarios o revistas no costaba menos de cientos de dólares, y a pesar de que tenía invertidos en la red parte de mi sueldo, algunos ahorros y otro dinero, decididamente no me alcanzaba. La Red de Observadores de Ángeles no tenía fondos suficientes como para hacer frente a gastos de publicidad de alcance nacional. Muchos integrantes del grupo tenían gentileza más que suficiente para recibir mis volantes y exponerlos en sus escaparates o mostradores, cuando no los incluían en el mismo paquete de los artículos que acababan de vender, casi siempre libros, y por lo visto eso bastó para que empezaran a llover las preguntas.

Hasta que una noche, conversando con mi amiga Joan Anderson, cuyo libro *Where Angels Walk: True Stories of Heavenly Visitors* es merecidamente uno de los best sellers de esa clase de títulos, ella me habló de sus esfuerzos para interesar a The Associated Press en el asunto y de los resultados alcanzados, por lo que me instó a que también yo escribiera a la conocida agencia internacional de noticias. "En una de ésas conseguimos inclinar la balanza para el lado de los ángeles", me dijo.

Al día siguiente envié a David Briggs, que se especializaba en temas sobre religión en AP, un ejemplar de nuestra publicación y una carta que, básicamente, decía: "¿Por qué no escribe una nota sobre los ángeles? Verá que son más populares de lo que se imagina".

Unos días después, el señor Briggs me llamó por teléfono. Estuvimos charlando sobre el tema, y pareció en verdad interesado de oír tantas historias de ángeles en estos tiempos. En la semana que siguió entrevistó a las fuentes citadas, cuyas direcciones particulares yo le había dado, y pronto escribió una nota que recorrió el mundo a través de su famosa agencia.

Me enteré por primera vez de que la nota andaba por el mundo cuando me llamaron desde una estación de radio de Seattle pidiéndome algunas palabras referentes al tema de los ángeles para incluirlas en su programa noticioso. Desde ese momento se multiplicaron las llamadas de otros diarios, estaciones de radio y particulares interesados en el tema. Para el sábado 19 de ese mes ya había empezado a vivir inmersa todo el día en el teléfono. Sólo durante ese fin de semana acumulamos más de cuarenta llamadas de gente del Canadá y de varios estados norteamericanos, interesados en conocer más sobre nuestra organización y respecto de algunas de las personas que se mencionaban en el artículo. Puesto que no otra cosa deseaba yo en cuanto al futuro reservado para la Red de Observadores de Ángeles, me sentí más que encantada respondiendo a todos aquellos pedidos.

Además, la nota publicada en tantos diarios de todo el mundo hizo que comenzaran a pedirse entrevistas de distintas radios y conferencias periodísticas, con lo cual día a día se hablaba más de los ángeles desde Seattle hasta Nueva York. Una de las entrevistas me la hicieron para el Canadian Broadcasting System, que se pudo oír en todo el país vecino y los estados del norte del mío.

Aparecieron artículos de distinta envergadura en publicaciones tan importantes y conocidas como *Red book, McCall's* y *Ladies Home Journal.* En la misma época se habló mucho de nuestro organismo en programas de televisión como *The Faith Daniels Show* y *The Jerry Springer Show,* ambos de alcance nacional.

En *USA Today* apareció una nota sobre ángeles. Otra nota, transmitida por la agencia Knight-Ridder, publicó la dirección postal de AngelWatch, que así apareció en diarios desde la costa de Maine hasta California. A ella siguieron una tercera y una cuarta siempre referidas al Servicio Religioso por Cable. Luego, más de veinticinco periodistas llamaron para pedir sus propias entrevistas, y la mayoría apareció en los números especiales de Navidad, a menudo ilustradas en colores con dibujos de ángeles y casi siempre en la primera página.

El interés despertado por los ángeles en toda la nación alcanzó su punto máximo durante la temporada de vacaciones de 1992, pero en lugar de quedar todo olvidado a continuación, aquel interés quedó ya instalado en un nivel mucho más elevado que antes. La lista de recursos para continuar con el funcionamiento normal de la Red se duplicó con largueza ya desde las primeras semanas de 1993, y el interés despertado en el público se hizo más que notorio.

Ayudar a que se difunda la palabra

A fin de que la Red de Observadores de Ángeles siga realizando su labor con tanto éxito, necesita de la ayuda de todos. Dondequiera que usted viva, o sea cual fuere el lugar visitado, cuando tenga ocasión de leer algún artículo donde se haga referencia a los ángeles, le ruego que haga llegar una copia a nuestra organización. Si sabe de la existencia de algún grupo que se reúne para tratar el tema de los ángeles, ¿por qué no lo hace saber a nuestro propio grupo? Si conoce algún artista, cantante o sanador, alguien que de algún modo haya sido tocado por los ángeles, tome nota de nuestra casa central y envíenos una carta o por lo menos una tarjeta postal con los datos de dichos grupos.

Lo cierto es que, si bien en la actualidad AngelWatch cuenta con centenares de suscriptores, todavía no tiene tanto dinero como se necesitaría para difundir su misión y sus finalidades, por lo que siempre sería invalorable cualquier contribución en forma de artículos o nuevos recursos para que la palabra se pueda difundir. Cuanto mayor sea la información que pueda diseminar, mayor será el número de personas que comenzará a comprender la profundidad del interés que tienen los ángeles en nosotros tanto como raza humana como por nuestra condición de individuos, al igual que el compromiso que tienen ellos para ayudarnos a crecer. Y cuanto más gente lo comprenda, más empezarán a entender cómo se trabaja con los ángeles y desearán hacerlo. Es que si todos nos organizamos verdaderamente para "observar ángeles", ni hablar de hasta dónde podría incrementarse el nivel de conciencia que los propios ángeles han tomado con respecto a este planeta. Con su ayuda estaremos en condiciones de volver a crear nuestra vida, nuestra vecindad, nuestro planeta.

LA NOVENA REVELACION

JAMES REDFIELD

Cuando James Redfield publicó LA NOVENA REVELACION (*The Celestine Prophecy*), quienes lo leyeron quedaron asombrados. Lo recomendaron a sus amigos y éstos a su vez a los suyos, entusiasmados por sus predicciones y por la forma en que daba sentido a lo que ocurría en sus vidas. Se difundió en todos los Estados Unidos la noticia de esta obra mágica y movilizadora, que se tornó uno de los más fabulosos bestsellers de los últimos años.

Ahora usted puede descubrir por sí mismo las revelaciones, la visión y la precisión sobrenatural de este extraordinario libro. La aventura comienza con la desaparición de un antiguo manuscrito peruano.

Si bien pocos occidentales saben de su existencia y hay un gobierno que quiere eliminarlo, este precioso documento contiene un secreto importante: las nueve revelaciones que la raza humana está llamada a comprender para ingresar en una era de verdadera conciencia espiritual.

Para encontrar el manuscrito —y sus tesoros ocultos— usted se unirá a una búsqueda que lo llevará a la imponente cordillera de los Andes, a las antiguas ruinas perdidas en lo profundo de la selva tropical y a un descubrimiento pasmoso.

Cuando encuentre y comprenda las revelaciones, su concepto de la vida humana ya no será el mismo... Tanto *Las enseñanzas de Don Juan* de Carlos Castañeda como las profecías de Nostradamus contribuyeron a preparar el camino para esta obra sorprendente, que nos invita a emprender un viaje espiritual hacia el nuevo milenio.

EDITORIAL ATLANTIDA   Código 18227